黄河长调

李立 —— 著

黄河出版传媒集团

阳光出版社

图书在版编目（CIP）数据

黄河长调 / 李立著. -- 银川：阳光出版社, 2025.
1. -- ISBN 978-7-5525-7483-8

Ⅰ.I227

中国国家版本馆CIP数据核字第2024SR5326号

黄河长调

HUANGHE CHANGDIAO

李　立　著

责任编辑　赵维娟　朱双云
封面设计　鸿儒文轩·末末美书
责任印制　岳建宁

黄河出版传媒集团
阳　光　出　版　社　出版发行

出 版 人　薛文斌
地　　址　宁夏银川市北京东路139号出版大厦（750001）
网　　址　http：//www.ygchbs.com
网上书店　http：//shop129132959.taobao.com
电子信箱　yangguangchubanshe@163.com
邮购电话　0951-5047283
经　　销　全国新华书店
印刷装订　三河市华东印刷有限公司
印刷委托书号　（宁）0030650

开　　本　880 mm×1230 mm　1/32
印　　张　10
字　　数　176千字
版　　次　2025年1月第1版
印　　次　2025年1月第1次印刷
书　　号　ISBN 978-7-5525-7483-8
定　　价　68.00元

目 录
Contents

赞诗

1

人类生活的大地，历久弥新的大自然

给予我们苦难、幸福、屈辱和荣耀的这片土地

高山、平原、草原、沙漠、戈壁、海洋、湖泊、城
　镇、村庄

请接受我崇高的礼赞，全是发自肺腑之言

最高点世界屋脊青藏高原，最低点马里亚纳海沟

亚洲、欧洲、非洲、北美洲、南美洲、南极洲和大
　洋洲

像父亲一样沉默、母亲一样丰腴

孕育我们生命，赐予我们灵魂的家园

每一寸都值得我用尽溢美之词予以讴歌和赞颂

降雨云团、雾霭、水汽、雨滴，不论是飘浮在空中

还是淅淅沥沥地落下，都那么典雅、优美

没有水，动植物无以存活，地球将变得荒凉而死寂

亚马孙河、尼罗河、长江、叶尼塞河、黄河、鄂毕
　　河、密西西比河

太平洋、大西洋、印度洋和北冰洋的每一滴水

都是生命之源，闪烁着浩荡的恩泽之光

奔跑在时光中的人类、动物和植物

拥有顽强生命力的精灵，活得自信而超然

来无影去无踪的风、氧气和二氧化碳

宇宙、银河系、太阳、月亮、星星、云彩

曾经是人类社会认知的天花板，现正不断地被科学
　　突破

褪去面纱，成为衷心拥护和服务人类的朋友

长城、金字塔、古罗马斗兽场、圣索菲亚大教堂、埃
　　菲尔铁塔

这些先人们构筑的杰作，人类智慧的结晶

是社会进步和文明的见证，是探索道路上永恒的灯塔

时间的嘀嗒声，岁月的悄无声息

我们生活的每一分钟，苍穹下的每一个脚印

不论是指针踩出的，还是人畜留下的

都是献给大地朴实无华、情真意切、激越昂扬的赞歌

2

以诗歌的名义赞美大地，显得多么苍白无力

相邀爱人、孩子、三五知己，带上宠物

甩开膀子、迈开脚步、张开呼吸系统，踩在大地的琴
　　键上

弹奏出高昂、悦耳、悠扬、辽远、激越的天籁之声

这些原始、拙朴、粗犷、豪迈、健硕的音符

才是对大地无比赤诚、铿锵有力的礼赞

钨丝以不惜扭曲自己赞美光明，大鹏的翅膀

以能伸能屈赞美自由，炸雷以惊世骇俗赞美春天

黑夜以伸手不见五指赞美月亮的皎洁

狂风骤雨以雷霆万钧赞美盛夏，树木花卉以青翠和
　　怒放

赞美旷野、赞美鲜活、赞美生机、赞美生命

万物都以自己的语言，献上对大地至尊的热爱和祝福

赞美大地，拥抱大地，亲吻大地

与大地赤诚相见、肌肤相亲、亲密无间

把身心植入大地的骨髓里，与大地同呼吸共命运

不懂珍爱、不懂感恩，将愚昧进行到底

藐视大地、诅咒大地、糟蹋大地，始终不知悔改

洪涝、干旱、严寒、海啸、地震等惩罚就会不期而至

3

我赞美大地上的雪山，雪山上的白色精灵

卡瓦格博峰、乔戈里峰、南迦帕尔巴特峰、珠穆朗
　　玛峰

贡嘎雪山、拜塔布拉克峰、南迦巴瓦峰、安纳布尔纳
　　峰、公格尔峰

冷峻、孤傲、寂寥、内敛、沉着的雪

洁白、纯粹、娴雅、静谧，经年不化的雪

以凛冽寒气赞美高处圣洁的虚空

以及孕育出来的涓滴之水、泡子、湿地、湖泊、小溪、
　　大江、长河

大地因此诞生生命、活力、生气、兴旺、繁荣

诞生柴米油盐，长盛不衰的人间烟火

春意盎然的绿色，摇曳的五颜六色的花朵

活在自己的精致里，绿得肆无忌惮，开得灿烂缤纷

大山拥有雪，仿佛我们有了思想、良知、善良、怜悯、
　　同情
这是人类的灵魂，不管生活在地球的哪个角落
我们拥有了见解、认知、爱心、真理
知道了行为举止是否得体，掌握了判断是非曲直的
　　准则
我们就懂得摒弃恶，追求善，充满爱

4

戈壁滩上的每一颗卵石，沙漠中的每一粒沙砾
始终坚持在平凡的岗位上，毫不动摇、胆怯和退缩
原野上其貌不扬的尘土，甘愿被踩在脚下
竭尽全力保卫庄稼、小草、花卉和树木，根系抓牢
　　大地
不懈怠、不消极、不放弃、不认输
让人世间始终保持平和、安宁、吉祥和昌盛

我赞美烈日下田野里的辛勤耕作，差强人意的忙碌
穿梭于街头的奔波，捉襟见肘的生计
顶着朝阳出门，扛着星光回家的步履，不论是轻盈
　　还是沉重

逆来顺受，不怨天尤人的忍耐

不卑不亢的贫穷，不骄不躁的富贵

压而不垮的责任，忍辱负重的担当

灰头土脸的瓦片，在风雨飘摇中默默撑起一片天

我赞美夜幕下的那盏昏暗路灯，顽强抵御八方来袭的

　　黑暗

夜黑得深沉，万物屏声静气，死寂一般

它独自撑起一片孤独的光明

那阵急促的狗吠声，赋予寂寥一丝慰藉

屋檐下训斥孩子的嗔怒，空气中飘过揪心的抽泣

荣华不是生活的标配，贫贱不是命运的赏赐

惊慌失措的人们总能赢得喘气的契机

纤弱而坚强的野草，见缝插足，蓬勃生长，日升月恒

面对炙烤、狂风、骤雨、寒霜、冰冻，无所畏惧

"野火烧不尽，春风吹又生"

谁也无法剥夺它们破土、发芽、青葱、摇曳、匍匐、

　　枯萎的权利

5

脚踏实地的腿脚，空中舞蹈的翅膀

以健步如飞赞美沃野千里，以展翅遨游赞美蓝天无垠

以风雨无阻赞美勤劳，以顶风冒雪赞美顽强

以怜悯赞美善良，以童叟无欺赞美诚信

以豁达赞美胸怀，以孜孜追求赞美积极进取

在罪恶面前，睁一只眼闭一只眼是懦弱、丑陋、纵容、
　　沆瀣一气

我赞美为捍卫家园的殊死抵抗，以命相搏的正义

不依不饶的抗争，与屈辱不共戴天的倔强

撕心裂肺的哭诉，不得不低头的无奈

沸腾的热血，攥紧的拳头

捶胸顿足的饮恨，灵魂深处的呐喊

以真挚赞美生活，以虔诚赞美修行

以微而不卑赞美尊严，以尊老爱幼赞美文明

以踏踏实实赞美日日夜夜，以勤勤恳恳赞美年年岁岁

鹰、雕、鹫、鸢、鹭、鹞、鹗、隼、鸮、鸺鹠

以速度注解弱肉强食，以淘汰诠释进化

斑鸠、鸽子、喜鹊、燕子、画眉、云雀、乌鸦、黄鹂、
　　鹌鹑、白头翁

麻雀虽小，生命不息，奋斗不止

依靠自己纤弱的翅膀，百折不挠地蹁跹了亿万年

西伯利亚虎、非洲狮、棕熊、美洲豹和狮、藏獒、湾鳄、
　　鬣狗

以力量赞美优胜劣汰，以勇猛赞美物竞天择

狼、狗、驴、牛、马、羊，鹿、熊、狐狸、松鼠、
　　蜘蛛

以巧取豪夺赞美适者生存，以谨小慎微赞美生生不息

大地的子民以坦然和赤诚赞美生老病死——

世上最伟大的颂歌莫过于以结束赞美开始，以死亡
　　赞美新生

6

煤以满腔热情赞美沉睡了亿万年的森林

宝石以惊艳四座赞美经年累月无声无息的埋没

石油以炽焰赞美动物油脂的涅槃

我赞美大地的沉默、包容、赤诚、旷达、贫穷和富庶

赞美大地的温情脉脉、慷慨大方

赞美铁矿石的笑声和哭泣，它们百炼成钢

制作锄头、镰刀、菜刀、剪刀、火钳、铁锅、冰箱、
　　洗衣机

用于造福人类，也有人拿它们

锻造铁锁、铁链、匕首、刀剑、枪炮、子弹、坦克、
　　飞机、舰船、核武器

我以一个父亲的名义，鄙视战争，赞美和平

我以一个丈夫的名义，挞伐欺凌妇女儿童，赞美美满
　　幸福

我以一个人的名义，谴责尔虞我诈，赞美公平公正

我赞美和而不同，和谐共处，和气生财

我赞美温饱、富足、健康、快乐、平安、幸福

我愿我的每一粒文字都能长出翅膀，像和平鸽自由自
　　在翱翔天际

——在心灵上空播种温暖和希望

长城以翻山越岭的坚韧赞美巍峨险峻

黄河以蜿蜒起伏赞美磅礴，南海以碧水连天赞美浩瀚

迎客松以遒劲赞美黄山的铮铮风骨

雕版以疼痛赞美刻刀，盆景以残缺赞美剪刀的锋利

婴儿以穿透心扉的哭声赞美母亲的阵痛

夕阳以祥和静谧赞美百鸟归巢，电缆以飞檐走壁赞美
　　万家灯火

我以豁达赞美忠厚，以包容赞美原宥

以海量赞美理解，以理智赞美人性的脆弱和光辉

以谦卑赞美成功，以微笑赞美失败

以忠诚、迁就、付出、快乐赞美自私的爱情

7

种子以挣脱束缚、破土而出赞美阳光

花朵以热烈奔放、香气四溢赞美鲜艳和绚烂

果子以成熟、芳香赞美活色生香

蓝莲花以高雅圣洁赞美出淤泥而不染

刺以尖锐赞美玫瑰的尊贵，芒以锋利赞美麦粒的饱满

穗以低垂赞美稻谷的壮硕，玉米以节节攀升赞美生活
　　蒸蒸日上

沙棘以甘甜赞美塞北的艰辛，梅子以酸涩赞美江南的
　　缠绵

菇娘以晶莹剔透赞美东北的豪爽，荔枝以清甜赞美
　　岭南的红火

云南小粒咖啡以芬芳赞美西南的含蓄与惬意

夕阳西下升起的袅袅炊烟，皎洁月光下的呢喃

万籁俱寂中的梦呓，清晨睡意蒙眬的哈欠

晨曦里街巷车水马龙的喧哗，厂房里机器的轰鸣

阿里无人区一只独来独往的公藏羚羊的嘶吼

万物都以自己的方式为大地唱响赞歌

我赞美冬去春来的草原，奔流不息的江河

偏僻山村那塌而不倒的茅屋，倚靠在门上焦急等待的
　　牵挂

默默低头吃草的牛羊，依偎在孤独老人怀里的猫

母亲手中的针和线，父亲手上的锄与镰

我有心无力的文字无法表达我情感的十万分之一

我赞美浪漫的风花雪月，痴情的守望

草垛后面传来朴实的窸窣声

我赞美大爱无疆、同甘共苦、爱屋及乌、人间烟火

我赞美同心协力、风雨同舟、守望相助

假如缺少休戚与共的搀扶，地球将像火星一样冰冷、
　　孤独和寂寥

8

我赞美天山雪松的直冲云霄，海南椰树的含蓄

东北平原青纱帐的绿意盎然，西南边陲草莓的玲珑
　　剔透

东海岸遨游的海燕，三沙灯塔闪烁着的祝福

日夜兼程的高铁，奔腾不息的山涧小溪

历尽苦难也不沉没，悄悄扛起东方第一抹曙光的黑瞎
　　子岛

不辱使命屹立不倒的长城，雪山上孤立无援的哨卡

略带微醺的西南古镇，运河中摇曳的小船

荷塘里为岁月呐喊的蛙鸣，矗立在田间地头的贞节
　　牌坊

轻轻吹拂的微风，不动声色的喘息

我赞美桨对舟的不离不弃，砣与秤的相濡以沫

天鹅夫妻的形影不离、恩爱缠绵、忠贞不贰

一双筷子之间的心照不宣

叶落归根的相思，海枯石烂的诺言

我赞美辞别叹息的果敢，抹掉泪水的刚强

捂紧伤口拒绝呻吟的疼痛和坚毅

我赞美说走就走的气魄，千辛万苦的跋涉

走遍万水千山的壮志，饱览五湖四海的豪情

不撞南墙不回头的执念

我赞美盘旋在草原上空的雄鹰，沙漠里跋涉的骆驼

深水中遨游的鱼群，洞穴里潜伏的鼠兔

丛林里追逐戏耍的野猪，树枝上能歌善舞乐此不疲的
　　鹦鹉

团结协作、不屈不挠、以弱胜强的蚂蚁大军

我赞美若愚的大智，脆弱的顽强

赞美艰辛却不退缩，简单却拒绝平庸

赞美不向命运低头的劳碌，不达目的不罢休的执拗

决不放弃的求生欲，天敌锲而不舍的追逐

纵然流着鲜血依然高昂的头颅

我赞美为活着的付出，为操劳生计的奔走

为追寻公平的呼号，为求索福祉的执着

9

我赞美四季常青的树木，从不故步自封的江河

守身如玉的雪山，泥泞却决不坍塌的小路

风雨中飘摇的雏鹰，敢立潮头的海鸥

不畏严寒独自怒放的蜡梅，耸立于沙漠的胡杨

宁死不屈的麻雀，直面强敌从不退缩的蜜蜂

我赞美自由、诚信、包容、奉献

赞美鼓舞他人的你，与人同舟共济的他

助人为乐的你，决不落井下石的他

历经沧桑却不自暴自弃的你，摒弃贪念心底无私的他

心胸坦荡的你，决不恃强凌弱的他

功成身退的你，默默进取的他

我赞美自信、自律、自爱、自强、自尊，不自虐的
  我们

赞美虚怀若谷、光明磊落，不妄自菲薄的我们

赞美同心同德、心心相印、悲悯苍生的我们

我赞美大地，赞美人类的伊甸园

赞美耕耘大地的锄、镰、犁、耙、笔、理念、思想、

　信仰

如同赞美自己的眼睛、心灵、生命

我赞美庇护我们的大地，直到油尽灯枯

至死，我也将以一粒尘埃的渺小去赞美大地的博大

2022 年 6 月 26 日至 7 月 2 日于云南丽江

塔里木盆地

1. 若羌

烈日联手风沙，搬空了一湖碧水

昆仑和天山过问了亦无济于事，有心人

找出了隐居两千多年的楼兰姑娘

也向守候了两千多年的胡杨打听过，迄今

不知道罗布泊的水被藏匿在何处

楼兰古城佛塔上的铜铃，苦苦支撑

仿佛非要揭开谜底，也仅仅能

证明，远去的驼铃声确实带走了一些

2. 且末

沙尘常常按捺不住躁动，枣树绽放的新芽

天真烂漫，比从河滩和戈壁上

崭露头角的和田玉，更让人疼惜

如同那一棵棵胡杨，举着一丛丛绿叶

远比成熟的深秋，更令人动容

与其给大漠添加一抹金黄，不如邀约

一众绿叶，把天空擦拭得明净澄澈

让日月星辰，照亮塔克拉玛干沙漠修行的心

3. 民丰

耗的是耐力，阳光日复一日地离去又回来

水、土，主动交出白花花的物质

——那不是风花雪月的浪漫。坚硬的盐

从贫瘠的地下长出来，娇嫩的根

无法立稳脚跟，紧跟风

起舞的尘埃，一抬脚就流落到了数百公里外的敦煌

创造苍茫，成全苍茫，圆满苍茫

咽不下这份寂寥，在此注定找不着落脚之地

4. 和田

分明是一块翡翠，被赋予一种玉的称谓

被驼铃声唤醒，被昆仑雪水洗濯

被艾得莱丝绸润泽，被红尘过客攥在手心

被塔克拉玛干沙漠闷热的情绪，凉爽了许多

杨树、柳树、桑树、榆树翠绿的成色，无可挑剔

踩着阳光小径的吆喝声，在空气中飘逸

诱人的焦香味，从馕坑里弥漫开来

穿梭于翡翠纹路的时光，禁不住停下了脚步

5. 英吉沙

抡起太阳和月亮锻打，以昆仑山雪水淬火

用塔克拉玛干沙漠的风沙打磨，形如

月牙、鱼腹、凤尾、雄鹰、红嘴山鸦、百灵鸟头

每一款坚硬的美学，都是一种精神和桥梁

握在中原、中亚、西亚、欧洲大陆的男人手中

无不是握住了雄性的自信、力量与尊严

精致的英吉沙小刀，最理解男人的内心

每一个男人，都选择皈依锋芒和刚毅

6. 叶城

国道、县道、乡道、村道、水道、泥道两旁

理不清是祖孙几代，一排排昂首挺胸

不畏干旱，不惧高温，不嫌瘠薄，郁郁葱葱

无须根和叶，一截光秃的枝条

只要被泥沙接受，就能紧紧抓牢大地

往下扎根，向上进取，英姿挺拔

与大地上穿梭的刀郎人一样，团结奋发

新疆杨在戈壁沙漠上竖起一道道葱翠的生命线

7. 策勒

属于一个屋檐的荣誉，亦是一种责任和期许

必须挑选一个黄道吉日，梳头、修面

把刘海和鬓发束在喜庆之中，穿上白色长裙

戴上白头巾，白色最能衬托纯洁和尊贵

塔克拉玛干沙漠的风，也见机在葡萄架下凑热闹

举行过居宛托依 * 的妇女，便获得在任何场合

着白色礼服的资质，赢得这份殊荣

昆仑和阿尔金山格外珍惜，一年四季都不愿脱去

8. 莎车

莎车属于旷野、山间、草地，属于十二木卡姆

属于诗歌、音乐、舞蹈、演奏

属于抒情和叙事，属于语言和艺术

属于戈壁沙漠和绿洲，属于柴米油盐酱醋茶

属于理想和追求，属于幻想和情操

属于载歌载舞的麦西莱甫，属于苍劲深沉的琼乃合曼

属于流畅欢快的达斯坦，属于女诗人阿曼尼莎汗

属于她的精美的诗篇，属于生活

9. 喀什

喜欢被阳光抚摸的人，在烤羊肉串时

是不是有心灵感应？火力与火候

---

* 居宛托依，波斯语，意为已婚中年妇女的喜事，有资格举行这种
仪式，是和谐家庭的一份殊荣。

肉与火的激吻，分寸拿捏恰到好处

当外焦里嫩，焦香味随青烟

缭绕于建筑物廊柱、木雕、挑檐上的各色花饰间

在东转西折、南弯北错、迂回曲折的街头

仿佛路尽，不起眼处另起一巷

刺激人的味蕾，惹得太阳晚上十点多钟都不肯睡觉

10. 塔什库尔干

所有的水，都会走出一条属于自己的路

有时奔跑，有时跳跃，有时停下来迟疑片刻

所有的高山，都会给跋涉准备好垭口

山也想知道，山那边的风景

筑在高处的石头城，牙齿全然脱落

风雨裹挟的牙床，常常需要接受牦牛的挑衅

一支山鹰的婚礼队伍走过，喧哗声

逗得，乔戈里雪峰紧绷着的脸庞绽开了笑容

11. 疏附 [*]

达卜之声时而豪放不羁，时而婉转悠扬

艾捷克时而孤寂苍凉，时而幽怨凄惶

随心灵动，如临秋水、如坐春风

萨塔尔、艾吉克、都塔尔、弹博尔、木碗、手鼓

似水，从琴上、从鼓中流出，感知天地万籁

成溪流淙淙，成波涛汹涌，张弛有度

一个民族的历史如流水，在塔里木、在疏附

在胡西塔尔的琴弦之间流淌，源头指向四面八方

12. 塔里木

喝着昆仑、天山和阿尔金山的雪水

成长的塞人、月氏和吐火罗人，还有后来的

匈奴人、汉人、羌人、柔然人、高车人、突厥人、吐蕃人

嚈哒人、吐谷浑人、回鹘人、葛逻禄人、样磨人

与葡萄、哈密瓜、香梨、苹果、灰枣、牛羊、时光

一起沉淀下来，继承和发扬绿洲农业文明

---

* 疏附，是唐代"疏勒乐"的发源地。

融合思想、信仰、音乐、舞蹈和绘画

一个新的民族实现了凤凰涅槃

13. 麦盖提

拨开夜色和荆棘，不要让日子在迷茫中遁形

高举火把的女性，用温柔擦亮勇士的双眼

忽而弯弓欲射，忽而与野兽展开搏斗

都塔尔、热瓦甫、卡龙琴、艾捷克、木碗、手鼓

弹拨日落月升的寂静，吹奏风起尘扬的骚动

刀朗麦西热甫的热烈和奔放，唯有安放在这块土地

方显得如此苍茫，为刀郎舞而生，为生活而舞

甘苦与共，生生不息，这里的人只被自己的双手主宰

14. 阿图什

一个"回旋轻捷如鹘"的民族，把驰骋的梦呓

印在黄色、深绿、蓝色、草绿色的碗碟

他们对色彩的迷恋，玻璃和水银瓶已作精彩注解

五铢钱、开元通宝、波斯银币、喀喇汗朝钱币

是通往中原和中亚的硬通货，战马也是

他们从中原贩回丝织品、衣服、金银器皿、茶叶

还有古塔、烽火台、寺庙、佛塔、碉堡和哨所

他们一直在构筑色彩缤纷的梦，千百年来夙夜不懈

15. 伽师

水火土赋予了生命，而馕正是水火土

结合的产物，是一种物化的神灵，伽师人坚信

揉面团、揪剂子、盖被子、擀胚、戳花、蘸料、烘烤

打馕人的大手盘出馕坑的，仿佛火辣辣的太阳

肉馕、油馕、窝窝馕、芝麻馕、片馕、希尔曼馕

是火对麦面的洗礼，大地与阳光的恩赐

自古以打馕为生的伽师人，信仰再好的东西

都不可以搁于馕之上，馕必须置于任何东西的上面

16. 柯坪 *

当河水遁形，树木隐入地下深处

风沙、酷热和严寒，变得有些恣意妄为

降低身段，并非屈服于某些势力

不计尊卑，审时度势，生活适时低头

---

* 柯坪，传说为"地窝子"之意。

与大地心贴心背靠背，生命将变得愈发坚韧

像在母亲的子宫蛰伏十月，积蓄力量

智慧与勤劳的天作之合，哪怕只是方尺安宁

蜷缩过的身躯，更加懂得如何舒展翅膀

17. 尉犁 *

当鱼在罗布泊遭遇噩梦，以打鱼为生的罗布人

并没有像楼兰古国的繁华一般弱不禁风

湮灭在大漠深处。沿着孔雀河、塔里木河迁徙

他们流淌着祖先的血液，依然以捕鱼为生

不种五谷、不牧牲畜，采野麻织布，捕哈什鸟剥皮
    为衣

以物换物，金钱是最不值钱的玩意儿

在塔里木河与孔雀河失联的岁月里，拒绝绝望

有人选择离开，有人过上游牧生活，有人依旧向岁月
    撒网

---

* 尉犁，又名"罗布淖尔"，因"罗布泊"而得名，意为"水草丰腴
的湖泊"。

18. 库车 *

龟兹人的城，声乐铿锵，歌舞缥缈，由远及近
弓形箜篌、竖箜篌、五弦琵琶、曲项琵琶各领风骚
苏祇婆 ** 弹拨龟兹人的心弦直抵大唐肺腑——
忠义、耿直的红，刚正、勇敢的黑，热烈、忠谨的紫
叫之、跳之、舞之，在大面上灵动、生辉、光大
大鼓、腰鼓、羯鼓、铃、铜钹、排箫、筚篥、横笛
其声昂扬、激越、铿锵，穿越河西走廊
翻过昆仑、祁连和天山，在中华大地上空余音绕梁

19. 温宿

张骞持汉节开通西域，瘦骨临风，离去时
葡萄、胡萝卜、胡椒、菠菜、黄瓜、石榴紧随其后
班超带来了和平与安宁，鸠摩罗什和玄奘
历尽千辛万苦在此传经布道，拟造七级浮屠
李白伫立于温宿，诗情和乡愁皓如明月

---

* 库车，系古代龟兹语，意为"龟兹人的城"。

** 苏祇婆，龟兹人，中国古代十大音乐家之一。

林则徐的苦衷和哀伤，则如那漫天飞扬的尘土

只有打此路过的行吟诗人李立，若无其事

捡拾祖先遗落的风骨，还有旷野里绿油油的诗行

20. 轮台

仿佛一个个磨盘，又胜似形状各异的灵芝

风沙挥动着锋利的刻刀，肆意雕琢

曾经匆忙的富饶，以另一种方式

展示丝绸之路必经之地的空旷、静谧与寂寥

北出敦煌，疏勒河饥渴，湖床皲裂

坚硬、起壳、翘起的土片，如同起伏的水波、浪花

在轮台的三垅沙绵延不绝，汹涌澎湃

有一口叫都护泉的，岁月风干了涟漪，唯有溢出苍茫

21. 沙雅

如果塔里木盆地有灵魂的话，那一定是塔里木河

如果塔里木河有灵魂的话，那必定是胡杨

不畏干旱、盐碱、严寒、酷暑、风沙、贫瘠

为塔里木而生，而荣，而枯，而不朽

沙雅有一棵活了 1400 多年的胡杨，迄今枝繁叶茂

胡杨即便是死了，依然站立，挺直铮铮铁骨

决不向光阴认输，决不给岁月低头

顺境时挺直脊梁是品德，逆境时决不卑躬屈膝是气节

22. 库尔勒

铁门关没想过要关住孔雀河之水，更不会阻挠

两河流域的小麦，经过楼兰远赴中原

从中原来的梨，在库尔勒实现了华丽转身

鱼在水中游，鸟在林中飞，羊在草地放，麦在地里长

那时的库尔勒想怎么张罗，孔雀河都乐意成全

岸壁如刀劈斧凿，曲折幽深的大峡谷

曾经是南北疆的交通咽喉，如今已是一片汪洋

铁门关真把水关住了，聚拢起来的碧波有了新的祈望

23. 和静

渥巴锡汗亲手点燃自己的宫殿，伏尔加河沿岸

无数村落顿时燃起熊熊火焰，到太阳升起的地方去

那份决绝，照亮着土尔扈特人内心

历时近半年，行程上万里，经过浴血奋战

五月的小草在巴音布鲁克草原高举鲜花

迎接衣不遮体、面黄肌瘦、劳累不堪的东归英雄

开都河准备了清澈之水，洗涤疲倦的坚忍

白天鹅排练了亿万年的舞蹈，此刻只为乡愁而翩跹

24. 和硕

了解马兰基地的人，不一定知道和硕

"和硕"是蒙古和硕特部落名，意为"先遣部队"

罗布泊西端戈壁滩，那里是生命禁区

在五月马兰花盛开的时候，有一支神秘队伍

来到这里种植马兰，风沙、干旱、酷暑、严寒

无不考验生死，有些马兰夭折了

有些马兰花开得惊艳，后来更是绽放了一朵蘑菇云

那绚烂的色彩，至今仍在云层之上来不及凋谢

25. 鄯善

赭红色的火焰山，是否阻挡过唐僧师徒

西去取经的大道，大概率应该不会

吐峪沟千佛洞石窟证明，用黄黏土建造的房屋

能装下一颗佛心，和高昌人的慈悲之怀

远离尘嚣的静谧，被一条流淌了千年的清溪唤醒

当葡萄从地中海沿岸传入东方，鄯善就成了
无核白葡萄的故乡，那些静卧的晾房
即便是空着肚子，镂空的砖缝隙间四溢芬芳

26. 高昌

艾丁湖谦卑，身段低至海平面以下 161 米
成为中国陆地最低的洼地，阳光热情
而执着，把高昌的温度拔擢至神州第一
雪豹、北山羊、野骆驼、藏野驴、棕熊、猞猁
盐穗木、花花柴、骆驼刺、黑刺、梭梭
面对坚硬的荒漠没有选择退缩，葡萄在沟谷里
更是屡创奇迹，牵手坎儿井和塔什烽燧
在贫瘠的洼地上，一起垫高了西域的文化底蕴

27. 哈密

不论是作为中原大地的前哨，还是
进入西域的咽喉，以一种水果驻守于此
极富创意，世上本无险可依
风沙能逞一时之勇，焉能阻挡疾驰的马蹄
骄阳，恰恰可以擢升光阴的糖分

待果酸攻克味蕾，南来北往的目光停留

空气顿时变得愉悦，在一个瓜摊前

一个满身疲惫的货车司机，脸颊上写满了生活的甜蜜

2023 年 5 月 11 日至 6 月 8 日于塔里木盆地

可可西里

1

古特提斯海是一个遥远的名字，陌生得

连可可西里也已经不愿意轻易提起

只有锤子能打开可可西里的记忆

——远古的双壳类、腕足类、有孔虫化石

晚侏罗纪的双壳类、菊石、藻类化石

令可可西里的过去立刻鲜活起来

岩石是打开可可西里话匣子的金钥匙

化石叙述的可可西里绘声绘色，让我们有幸

从坚硬的那部分开始，把可可西里爱到骨子里去

2

许多人喜好追逐可可西里的梦，不分性别

像野生动物，在天堂里自我放逐

甚至，把足迹烙在可可西里的脊梁骨——

可可西里山脉的岗扎日、大黑台、双头山、汉台山等

可可西里的主心骨，岂可轻易被人主宰？

可可西里的行事风格，就是无迹可寻

让人捉摸不透，难以驾驭

只有对可可西里满怀尊重和敬畏

才能在可可西里大海一样汹涌的胸怀讨得一丝慰藉

3

可可西里大海一样澎湃的情怀，始终不曾磨灭

时间也不可以改变，数亿万年来

积攒起足够殷实的冰雪，就从一点一滴开始

去了偿夙愿，不论从哪个方向

走多远的路，拐多少道弯，跌倒多少次

叮叮咚咚、哗哗啦啦或者默默流淌

可可西里坚韧的恒心，苍天庇佑，日月可鉴

4

格拉丹冬、尕恰迪如岗和岗钦雪山孕育出

楚玛尔河、布曲、当曲、聂恰曲、尕尔曲、沱沱河

汇聚成亚洲第一长河——长江时

可可西里不动声色，仍然是一副冷峻的面孔

黄河走出阿尼玛卿、脱洛岗和玛尼特雪山的摇篮

澜沧江从藏色岗日冰川脱颖而出

可可西里的浩荡之心，才挣脱蛮荒响彻天际

可可西里的心属于远方，湖泊、盆地盛不下

洼地、沟壑、平原、山丘，皆不可阻挡

5

"可可西里"是蒙古语，意为"美丽的少女"

少女最柔软的部分，无疑就是

当曲、果宗木查、约古宗列、星宿海、楚玛尔河沼泽

岗纳格玛错、依然错、多尔改错湿地

每一个小水洼都能装下一片蓝天

那些鲜嫩茂盛的小草，或许就是美丽的陷阱

千万不要去尝试少女的柔情，一旦陷进去就不能自拔

星宿海、扎陵湖、鄂陵湖、星星海、玛多湖

装着少女多少的心事，星辰未必胸中有数

尽管，星星离得那么近，几乎触手可及

6

通天河也许就是少女不愿提及的一桩心事

河中乱石穿孔，水流湍急，惊涛拍岸

当年，唐僧师徒取经归来，渡通天河时

河中老鼋曾拜请唐僧向如来佛祖询问自己的寿命

唐僧竟然将老鼋嘱托置于脑后，被掀翻落水

唐僧师徒上岸后，找得一块石头晾晒辛苦求得的经卷

——石头上字痕犹存，清晰可辨

通天河虽不可通天，可河水走向有章可循

无论古今，言而有信，恪守承诺才能修得真心

7

沱沱河仿佛是少女出的第一道难题

可可西里拿出了珍藏已久的宝贝——

格拉丹东、尕恰迪如岗和岗钦雪山的冰川

冰斗冰川、悬冰川、山谷冰川、平顶冰川、冰斗山谷
　　冰川

经过巧妙构思，形成散流、漫流、支汊、串沟

因为站位高，气场足，空气含氧量低

令人头昏、头疼、四肢无力、心跳加速、恶心呕吐

故民谚有"上了昆仑山，进了鬼门关；

到了沱沱河，不知死和活"

不要在沱沱河边徘徊，不要轻易去试图得出答案

许多事物原本就没有谜底，有也贵在知而不言

8

少女当然也有任性与狂野的一面

可可西里个性鲜明，喜刮风、好寒冷、爱吹沙

四季分明，是束缚，是墨守成规

是故步自封，是重复着走同样的路

可可西里的沙想飞就飞，雪想飘就飘

冰雹想落就落，狂风想刮就刮，恣意任性

水在固、液体间瞬息变化，速度太快

一般的植物和动物，包括高级动物，都忍无可忍

大树和鲜花，不是高飞远举，就是扬长而去

只有那些抬不动腿的石头，不愿背井离乡的小草

吃苦耐劳、忍辱负重的野生动物

不离不弃地坚守在出生之地，历久弥新

白天离太阳太近，被炙烤得冒烟

等太阳离去，寒冷自四面八方袭来

没有躲避的地方，任何时候坚强是自己唯一的港湾

9

只有一再降低姿态的植物，才有可能赢得

可可西里的认可和接受，贴近大地

不趾高气扬、不迎风招展、不露圭角

风毛菊、黄芩、红景天、水柏枝、山岭麻黄

就得到了可可西里的尊重，还有紫花针茅、扇穗茅

青藏苔草、棘豆、早熟禾、棱子芹、海韭菜

它们祖祖辈辈选择在这里繁衍生息

遭遇到再大的风沙和冰雪，都不吭不响

从不拒绝枯萎和腐朽，心境自然辽阔

要不蛰伏在大地怀里，要不就变成大地的一部分

不说无法呼吸，不喊疼叫屈，听天由命

始终保持低调，与大地不分彼此，是它们的生存之道

10

可可西里最温情的时刻，莫过于晨曦或夕阳下

天空蓝得像一块宝石，风沙停止了玩耍

静谧的旷野里，透着一股安宁与祥和

藏羚羊、野牦牛、藏野驴、藏原羚、白唇鹿、盘羊

成群结队地亲吻大地，悠闲地自由漫步

嬉戏追逐的时间，它们从来不会白白浪费

雪豹、棕熊、藏狐、狼、猞猁、石貂

赖在远处或者洞穴里打起瞌睡，它们不但不愿意

打破这温情的画面，更是以天伦之乐

为之点睛，可可西里此刻仿佛一位贤惠知性的主妇

把偌大一家子的和谐生活安排得妥妥帖帖

11

可可西里最疼爱的，一定是乖巧伶俐的藏羚羊

体态优美而健壮，动作敏捷而矫健

高山草原、草甸和高寒荒漠上，气候恶劣

藏羚羊从不挑肥拣瘦，杂草、苔藓、针茅草、地衣

只要能填饱肚子，枯叶都敢往嘴里塞

它们不计较吃什么，却十分讲究穿着打扮

披一身淡黄褐色中带点粉红色的绒毛，显得优雅而

　　高贵

它们以"比武招亲"的霸气方式，选择优良基因

吐舌头和追逐是雄性送给雌性的定情信物

获胜者不把对方视为战利品，而是悉心地培养感情

来赢取芳心，无不显现出高原的风范

"抢亲"大战是残酷的，有的会因为战斗而死亡

有的受伤退场后，会成为天敌的口粮

物竞天择，只有优秀的基因才有资格繁衍后代

可可西里仿佛一部天书，把生离死别说得无比透彻

12

身怀六甲的藏羚羊结伴而行，不辞辛苦

从可可西里、三江源、羌塘和阿尔金山的生活地

跨越千里，来到卓乃湖畔的"藏羚羊大产房"

只为生娃，藏羚羊产下卓乃湖生机勃勃的春天

狼、棕熊、猞猁与雪豹通常是藏羚羊的天敌

而人类才是藏羚羊濒临灭绝的罪魁祸首

高原精灵对吃的从不挑剔，穿着却一点也不马虎

偷猎者觊觎藏羚羊那一身昂贵的衣裳

把产房变成血腥的屠宰场，面对遍地的藏羚羊尸骸

一位藏族黑脸大汉不禁心如刀割，泪流满面

13

藏羚羊的羊绒披肩细腻轻巧、色泽鲜亮、保暖

一度成为印度和欧洲富翁们雍容华贵的象征

高额的利润诱使盗猎者涌向可可西里

这片野生动物的天堂，自此变成了人间地狱

藏族汉子索南达杰彻底愤怒、绝望了

他挑选出十几个青壮年组成义务野牦牛巡山保护队

与盗猎分子展开殊死较量，中弹牺牲时

他半卧在吉普车旁，右手持枪，左手拉枪栓，怒目
　　圆睁

可可西里 -40℃的风雪将他塑成一尊冰雕

时值春节和藏历新年重合，当地人

没有请客、喝酒、唱歌、跳舞，没有人出去转山

沉默，有时候是因为愤怒，有时候是因为伤悲

14

藏羚羊是幸运的，拥有索南达杰这样的保护神
而唐古拉山脉和昆仑山脉无疑就是可可西里
天赐的守护神，仿佛两道天然的屏障
西藏羌塘、新疆阿尔金山、青海可可西里和三江源
才得以以独有的方式存在，不被侵扰和篡改

贝母、大黄、雪莲、黄芪、羌活、红景天、冬虫草
在可可西里山、冬布勒山、乌兰乌拉山
该发芽发芽，该开花开花，那是它们的世外桃源
勒斜武担湖、可可西里湖、卓乃湖、库赛湖湖畔
紫花针茅、毛稃冰草、簇生柔子草、高山蒿草、无味
　　苔草
该青葱青葱，该枯萎枯萎，自由摇曳，自生自灭
没人去修改它们的白天和黑夜，去透支它们的岁月和
　　星辰
黑颈鹤、金雕、玉带海雕、胡兀鹫、血雉、猎隼、斑
　　头雁、赤麻鸭
藏羚羊、藏原羚、野牦牛、藏野驴、盘羊、喜马拉雅
　　旱獭

棕熊、猞猁、藏狐、雪豹、金钱豹、艾虎、石貂、
　　沙狐、黄鼬

在各自的领地里，捍卫主权，不被打扰，不被猎杀

远离喧嚣，逍遥自在，繁衍后代，生生不息

这是可可西里耗时亿万年才修得的正果

从荒芜中奔涌出蓬勃生机，于寂寥中活出万千仪态

15

唐古拉山是藏语，意为雄鹰不能飞越的山

海拔 5231 米的唐古拉山口，是一枚

英雄才可以佩戴的勋章，属于唐古拉兵站

和 104 道班，那些顶风冒雪作业的人

让我们这些天生缺乏翅膀的人，得以逾越雄鹰也飞
　　不过的高山

属于那些驾驭凄风苦雨，把生活物资送到远方

自己却过着流离颠簸、节衣缺氧生活的人

属于藏羚羊、野牦牛、藏野驴、雪豹、马鹿

属于垫状点地梅、苔状蚤缀、风毛菊、火绒草、葶
　　苈草

这是它们祖祖辈辈坚守的家园，而我们只是过客

风沙和大雪瞬间就会把我们的足迹抹去

不属于我们的，不如就悄然离去，不带走一片雪花

16

五道梁不过夜沱沱河不吃饭。在当地口口相传
气候严酷，潮湿寒冷，容易产生高原反应
沱沱河和五道梁是有名的"鬼门关"，好心藏族人
极力劝阻我不要在这里过夜，我不愿放弃
一次让可可西里触摸灵魂的契机，漫天飞雪
仿佛要把沟沟坎坎抹平，要给山山峁峁换上盛装
这是可可西里极其平常的一天，我提醒自己
不可自作多情，那些雪可以落在我的头上、肩上、
　　脚上
甚至心上，它们都不可能为我而融化
那些披一身厚实雪衣的野生动物，头也不抬
不赐我一个正眼，它们沉醉于自己的世界
我的境界太小，装不下，带不走，不可临摹
可可西里信手涂鸦，便是一幅人类无法剽窃的水墨
　　佳构

17

美国旅行家保罗·索鲁在《游历中国》中写道：
"有昆仑山脉在，铁路就永远到不了拉萨。"
中国人坚信人定胜天，一条世界上海拔最高的铁路
穿越昆仑山、可可西里、三江源、羌塘草原
飞龙一般从青海格尔木市飞向青藏高原圣城拉萨

青藏铁路创造了许多世界之最：
昆仑山隧道是世界最长的高原冻土隧道；
唐古拉山无人车站是世界海拔最高的铁路车站；
风火山隧道是世界海拔最高的冻土隧道；
清水河特大桥是世界最长的高原冻土铁路桥……
高铁在可可西里无人区上空飞驰，藏羚羊在桥墩间
　　自由迁徙
透过车窗玻璃，人们的脚步到不了的地方
心到了。目光所及，灵魂留在了可可西里和羌塘无
　　人区
在蓝天下舞蹈，在草地上追逐，在飞雪地中奔跑
远古与现代、文明与蛮荒、岑寂与苍茫、人与动物
在可可西里相依相存、和谐共处、交相辉映

18

艾肯蒙语，意为"可怕"，仿佛镶嵌在大地上的眼睛
色彩斑斓，奇幻独特，胜似恶魔之眼
亦似天神之眼，艾肯泉因为硫黄含量极高
周围寸草不生，了无生命痕迹，令人陡生窒息感

可可西里离天堂太近，含氧量低，是人类禁区
不要试图去探寻她的静谧，而忽视危险
不要去玷污她的瑰丽，不去打扰、不去伤害
让可可西里安静地存在，像过去一样粗犷而娴雅

可可西里草原辽阔、湖泊绝美、沙漠浩瀚
天空蓝如碧玉。在喧哗之地
我们的目光日渐变得游离，在无人之地
我们才能看清自己的心灵。无人区是人们心目中的
　　圣地

19

把优雅还给藏羚羊，把憨直与羞涩

还给野牦牛，把倔强还给野驴

把血性还给狼，把速度和敏捷还给雪豹

把狂野还给风沙冰雹，把洁白无瑕还给雪花

把辽阔还给寂寥，把岁月还给寂静

把天空还给白云和蔚蓝，把湖泊还给澄澈

把小草还给孤独，把可可西里还给野性与苍茫

20

被人们当作世外桃源的无人区，其实就是

一个让人风餐露宿的不毛之地，不如让宁静

常驻我们的内心，在心灵深处给自己留下一片净土

没有工具加持，人类无疑就是野生动物眼中

从天而降的"大馅饼"，不是人类的地盘

在生与死的边缘触碰到自己的灵魂，获得救赎

才是挑战的终极意义。既然是无人区

那就尊重可可西里的粗野与蛮荒，尊重它的寂寥

如果有一天，可可西里无人区被喧哗占领

那么我们坚信不疑的信仰、诗与远方

就真的无处安放了。所谓远方

不就是人们心目中那个永远都不可触及的地方

2023 年 3 月 23 日至 30 日于西藏那曲、青海格尔木

雪山赋

1

梅里雪山仿佛一篇含蓄的序言，耸立于
怒江与澜沧江大峡谷之间，滇藏公路的必经之地
卡瓦格博雪峰是它雄伟而醒目的标题
旭日镀上一层金色，日照金山的宏大叙事
从青藏高原静谧的晨曦中徐徐展开

卡瓦格博健硕的肌肉，从峭壁高耸的背脊凸显出来
白雪，使之具备纯粹的品性和超凡的气质
传说每一座高山皆有山神，统领着一方自然
雄踞八大神山之首的卡瓦格博峰，眷顾着万水千山
从远处静静地仰望雪峰，倾耳细听

仿佛传来蓝色星球之外的天籁之音，绕耳不散

把美好的事物据为己有，这是人类的通病
渺小的人总想站上巨人肩膀，来证明自己的崇高
登山者高昂着斗志而来，沮丧着头离去
人类十数次攀登卡瓦格博峰，均以失败告终
1991 年，中日联合登山队的 17 名队员
在海拔 5000 多米处遭遇大规模雪崩，全部罹难
至今，再无人放言要征服卡瓦格博雪峰

敬畏、尊重和爱护自然，与自然和谐相处
这是梅里雪山下雨崩村人祖祖辈辈的家训，更是
他们千百年来誓死捍卫的信仰，代代相传
生活在人类最后一片世外桃源里，雨崩村的藏族人民
住木质结构的平房，用山石搭建起庭院的围栏
不分家立户，维持着
世世代代的农耕畜牧，享受与世隔绝的宁静和安详

雪山有情，倾囊相授，庇佑一方水土
人们有义，不论艰难困苦，对雪山不离不弃

2

雪山不是用来踩踏、攀爬，不是用来征服的
雪山是用来仰视、崇敬，用来信仰的
就算我们需要靠近它，需要打它身边经过
我们只可以默默地来悄悄地去，不可在雪山上撒野
我们可以流下满腔热泪，不可留下遍地碎屑

走滇藏线阅读青藏高原，必须翻越珠角拉山
这是我们的祖先，从无数次失败中总结出来的一条
    天路
他们敲着铓锣向飞禽走兽借道，山高路陡
一旦马失前蹄，人、马、盐、茶叶就将跌落万丈深渊
在山脚下仰望雄伟壮观的雪山，美得令人窒息
汽车缓慢行驶在蜿蜒曲折的盘山公路上
哪怕只要有丁点的疏忽大意，都有可能万劫不复
手机导航上显示的路况，扭曲成天津麻花
悬崖上留存着一些无法收拾的汽车残骸，令人毛骨
    悚然

沿途的风景，纵使美不胜收，已然无暇顾及

当汽车行驶到珠角拉山顶，皑皑雪山宛如童话故事

自己俨然已成为其中的主角，云雾掩映中

若隐若现的寺庙，漫山遍野灿然绽放的高山杜鹃

巍峨挺拔的松柏，不时从树林窜出几只鹿

高大健硕，眼神却像是受到惊吓，迅速退回树林中

当有风吹过，松柏上的积雪纷纷扬扬随风飘落

画面美得令人心醉，没有护栏的天路

抑制住了自己内心的喜悦，即便是用眼睛余光

摄取风花雪树，也决不敢贪婪、不敢大意

一路上更令人心惊肉跳的，莫过于头顶的落石

这些野惯了的石子习性散漫，无拘无束，想落就落

摆在道路中间，它们将成为祸根

码放在路旁的尼玛堆，它们就会为人们祈福

3

自古以来，架桥铺路被视作积德行善

唯有高原的天路，修桥补路交由武警部队负责

他们的敌人是泥石流、塌方、雪崩、山洪和缺氧

在业拉山顶，汽车排成了一条长龙

前方发生了塌方，武警交通第四支队的官兵

正在进行紧急抢修，寒风不停地掀开他们的衣角

白雪在阳光照射下熠熠生辉，山脚下的高原灌木
绿油油的，透着青翠，其间缓慢移动的黑点
那是高原精灵在经营生活，牦牛一家和谐默契扶老
　　携幼
翻山越岭如履平地。一只勇敢的小蜜蜂
疯狂追求路旁的一朵小野花，大胆而执着
有人向着幽深的山谷，发出歇斯底里的一声嘶吼
大山的城府太深，没有得到干脆利落的回应

车队开始缓缓启动，前方的业拉山九十九道拐
早已令人按捺不住，摩托车和山地自行车
跃跃欲试地纷纷飞奔而去，坡陡、弯多、凶险
对许多骑手或车手来说，才更具有挑战性
年轻的主播们，把天路当成了吸粉的战场
每年都有十数条生命在此画上并不完美的句号

最壮烈的莫过于当年修建业拉山下怒江大桥
负责炸山架桥的某部工兵排35名官兵全部献出生命
一名战士因失足不幸跌落陷入桥墩水泥槽中
当战友发现时，他的身体已经深深陷入混凝土中

只剩下一根手指直指天际，战友们饱含热泪

把他浇筑进桥墩。这座桥墩已经不是

一座简单的桥墩了，它成为怒江大桥纪念碑

逢山开道遇水架桥，前人栽树后人乘凉

这座只有 57 米长、双向两车道的桥梁

如今是中国唯一有武警武装值守的桥，过桥的车辆

小心翼翼，缓慢行驶，生怕惊扰了在此安眠的英灵

4

躺在伯舒拉岭的怀里，来古村四周雪山耸峙

当歌岭、夏那峰、布汪拉、达玉障堆四峰环绕

每座雪山均推开一幅巨大的扇形冰川

美西冰川、雅隆冰川、若娇冰川、雄加冰川、牛马
　　冰川

犹如回到远古的冰河时代，洗尽世俗的尘烟

从然乌镇去来古村的乡间小道，弯曲而平坦

沙土那、拉那格、曲娥、然母等村庄

牛羊撒欢，鸡犬和鸣，田园阡陌，佛塔桑烟

景色美不胜收，构成一幅幅优美的高原田园风光

没有高原神驹的竭力相助，我只能愧对于

海拔 6000 米的岗日嘎布雪山，心有余而力不足

没有温顺善良的藏族阿妈牵引和鞭策着藏马

我无法触摸东嘎冰川。她脸上的高原红透着黑褐色

面容和善，形态腼腆，黑溜溜的大眼珠子

燃烧着对生活的无限虔诚和热爱，口渴难耐时

她就伏下身去，面对滚滚而下的冰川融水爽畅痛饮

粗犷豪放之中，透露出高原女性柔软细腻的温存

雪山、冰川、溪流、绿树、青草、牛羊、村庄

胜似一幅巨大的油画，我有幸成为其中

一个小小的黑点，占据的地方还不及一头牦牛

我的幸福感，也未必就能完胜傲视天地的高原之舟

此时，耳畔响起来古村一首古老的歌谣：

"越走越好越快乐，草原上有水有山有花朵，

这儿就是我的家乡，家乡牛羊成群满山遍野……"

山上并没有路，人们默默地牵着马走在前面

避开杂草、荆棘和乱石，向着冰川进发

他们并不伟岸的背影，就是一座我无法攀登的雪山

5

汽车行驶在林芝绿树掩映的公路上，如果不是

南迦巴瓦峰从绿叶的缝隙里崭露头角

如影随形，我还真以为自己走进了风光旖旎的江南

南迦巴瓦峰仿佛一把"直刺天空的长矛"

终年积雪，云雾缭绕，从不轻易透露自己的真面目

就像人类，即便是面对最该坦诚相见的人

也有自己永远不可示人的隐私，假如

南迦巴瓦峰有无法言说的隐喻，请冷峻的白雪

如同捍卫自己的纯洁一样，守护南迦巴瓦峰的秘密

山高林密，陡峭险峻，无力攀登，只可仰视

我原本就没有打扰南迦巴瓦峰的野心

我不打算冒犯它的淡泊、宁静、清新、凉爽

请刺栲、青冈、香樟、楠木、木荷、含笑、木莲

像情人一样小鸟依人地依偎在它的怀里

日夜陪伴在它左右，呢喃最肉麻的情话，缠缠绵绵

永远不要离它而去；请给予它呵护的大自然

报以杜鹃、报春、毛茛、点地梅、绿绒蒿、驴蹄草

用绚丽夺目的鲜花去感化冷漠、仇恨和伤害

请灵芝、虫草、贝母、天麻、红景天、雪莲花

生长在醒目的地方，不与需要的人和动物捉迷藏

驱逐饥饿和疾病，是人世间最该遵循和信守的善良

请老虎、豹子、狗熊、羚羊、獐、猴、鹿

去活络它的筋骨、去驱赶它的寂寞、去建立自己的
　领地

不要枕着雅鲁藏布江马蹄形大拐弯处的浪头

打起瞌睡，必须让它永世都精神抖擞，毫无倦态

南迦巴瓦峰，我在此给子子孙孙留下一份遗嘱

假如他们无一例外地败于你的险峻，那是他们的荣耀

6

雪山是太阳派到人间的使者，存储着生命密码

没有雨露，阳光将变得孤独而火爆

世上万物失去平衡，地球如同火星一样冷酷寂寥

黄河发源于青藏高原的巴颜喀拉雪山

长江发源于唐古拉山中段的格拉丹冬雪山

拉萨河发源于念青唐古拉雪山

这片远古时期叫特提斯海的地方，原本万顷碧波
成长为第三极*后，大海的情节依旧波澜壮阔
——打发长江、黄河、恒河、湄公河、萨尔温江
不管走多远的路，克服多大的困难，都要回归大海
　怀抱

雪山以洁白巍峨之躯，屹立于天地苍茫之间
风吹雨打容颜不改，冰冷、严酷、险峻、壮丽
拒人于千里之外，那是它不可突破的生命线
假如地球失去了雪山的呵护，那将是人类的灾难

念青唐古拉雪山以冷峻示人，内心却热情洋溢
沐浴着羊八井的露天温泉，欣赏雪山之美
心头别有一番滋味。一个内心不曾冷漠的人
即便外面的世界寒风凛冽，他的头顶
仍有丝丝缕缕向上飘散的热气，仿佛是无数的精灵
纷纷向着高处的念青唐古拉雪山，奔将而去

传说念青唐古拉雪山和纳木错是生死相依的情人
神山因圣湖的衬托而显得更加英俊挺拔

---

* 第三极，地球上除了南极北极之外的高极。

圣湖因神山的倒映而愈加绮丽多姿

立于纳木错的岸边，这个牧羊人和狩猎者的歌谣

似乎得到了印证，躺在纳木错怀里的雪山

竟是如此的妩媚多姿、风情万种、楚楚动人

善良而睿智的藏族人民，赋予每一座雪山

一个淳朴而美丽的故事，雪山因此就有了灵魂

7

日喀则萨嘎县格桑街 18 号，海拔 4508.7 米处

这是躺平的高度，没有风花雪月

吃完一碗夹生的米饭，想早点上床休息

北京时间晚上十点多钟，太阳刚躲进洁白的被窝

星星就急不可待地跑出来，在高原溜达

天庭里灯火璀璨，不知谁把月亮的光辉调到极限

让我轻而易举地走进了天堂，没犯迷糊

牛郎还是那么持重，织女略显羞涩

他们的恩爱早已编织成佳话，大家都忽略了

织女那不经意间流露出来的一丝忧伤

北斗七星仍然是互不相让，较劲这么多年了

只有在这一刻，我才明白一颗星星不论如何耀眼

都不可能照亮整个世界，但只要一盏灯

就能给人无限的温暖，真诚和善良可以驱散黑暗

给自己下一场纷纷扬扬的大雪吧，雪白的

头发、眉毛、眼睛、嘴唇、胸脯、手臂、脚丫

站在蔚蓝色的星空下，快乐漫天飞扬

等待怀抱玉兔的嫦娥降临，在一群小天使的见证下

目睹脸庞绽放雪花的行吟诗人李立

慢慢融入洁白无瑕的童话世界，眸子闪烁着星光

在难以酣睡的高度，拥抱了一个妙不可言的梦

我知道，越是在高处，越是要懂得放下

8

太阳、月亮、星星，仿佛高不可攀

它们越过珠穆朗玛峰顶端时，就开始下坠

直至消失在人们的视野，珠穆朗玛峰仍在不断长高

在时光的见证下，挑战它的代价将越来越高

白云遮盖不住的时候，只好系在它的脖子上

迁徙的候鸟，路过的飞机，还有千丝万缕的风
无不绕道而行，它并不是想挡住谁的去路
它仿佛在静静地享受着，快乐地成长

汽车沿着 219 国道飞速行进，每隔 50 公里
路旁就立着一块醒目的告示牌，告诉激情澎湃的人
离珠穆朗玛峰登山大本营的距离，越来越近
站上世界最高峰振臂高呼的荣耀，仿佛触手可及

有多少人梦想着站上世界的最高处，哪怕是
吃尽难以想象的苦头，甚至抛尸雪原——
成为别人的路标，更令人伤感和难以置信的是
珠穆朗玛峰登顶的最后一段路，常常造成交通堵塞

当珠穆朗玛峰的皑皑白雪，跃入我的眼帘
不知是一股什么力量，命令我突然刹车
掉转车头，向阿里绝尘而去。大自然的杰作
不该属于我的，何不让它去陪伴我们的子孙万代

9

219 国道是阿里的血管，是连通外界的生命线

常常数百公里荒无人烟，却风景如画

蓝天、阳光、雪山、湖泊、草原、土林、荒野、野生
　动物

而最令人过目难忘的，依然是绵延不绝的皑皑雪山

昆仑山、喀喇昆仑山、冈底斯山、喜马拉雅山

汽车穿梭于群山之间，如脱缰的野马

因贪恋一处旖旎雪景，四驱车轮陷入沙坑无法自拔

两个路过的藏族小伙施以援手，苦战四个小时

汽车才回到正道，我的感激之情无以言表

他们却说"在 219 总会碰到好人"，微笑着挥手道别

这就是令人念兹在兹，却不敢涉足的生命禁区

能在这里生存并发展壮大的人、动植物，无疑都值得
　敬仰

一个餐馆老板对我说，世界各地都是开门做生意

唯有阿里，不关上门无法把生意做好

——风总是不请自来，会搬家、会把稀客赶跑

漫步在"世界屋脊的屋脊"，必须放慢脚步

这里有厚实的冻土层，有虔诚的信仰

而稀薄的空气，无法满足血脉偾张需要的能量

象雄王国，古格王朝已消失在人们的视线之外

狮泉河、象泉河、孔雀河、马泉河的清流
仍然源源不断地奔向恒河、印度河、苏特累季河
饮水思源，印度次大陆把冈仁波齐雪峰
奉为百川之源和世界中心，去那里的人络绎不绝

盛夏时节，冷风飕飕，天空蓝得容不下一只雄鹰
围绕冈仁波齐转山的人们默默前行，虔诚
是他们饥饿时的粮食、疲惫时的拐杖、灰心时的信念
心灵的安宁，是他们努力付出的唯一收获
我登上距离冈仁波齐峰最近的山头，只为表达敬意
没做亏心事，就不需要乞求苍天宽恕
我蹑手蹑脚，生怕踩痛了那些安息的灵魂
那一块块码放整齐的晒经石，仿佛在告诉人们：
人从哪里来，到哪里去，一切顺其自然

玛旁雍错湖碧水荡漾，飞鸟翩跹，那片向阳山坡
无疑是一块风水宝地，却交给了动物和小草
雪山映在湖水中的倒影，自然、干净、宁静、深远
雪山赋予湖泊圣洁，湖水承载着雪山的嘱托
洁身自爱，默默修行，一直坚守着心中的那份清澈
每一粒雪的格局，决定着大海的辽阔与浩瀚

10

希夏邦马峰、干城章嘉峰、卓奥友峰、道拉吉利峰

马纳斯鲁峰、安纳普尔那峰、布洛阿特峰

它们仿佛一座座披着金色袈裟的佛，在夕阳中打坐

它们内心的丰富和宁静，无人可以轻易揣度

在高处，始终保持静谧、慈善与平和

尤其是相互间平和友善、和颜悦目、落落大方

它们矜持且持重，相互间从不针锋相对

它们耸立在青藏高原，就是一道绕不过去的风景线

站得高看得远，那些所谓的风起云涌

在金字塔顶端的那部分雪的眼里，如同小桥流水

虽然它们可以呼风唤雨，却不可只手遮天

所有的波涛汹涌，都将成为过眼云烟

浩瀚的星空，仿佛碧波万顷的蓝色海洋

那闪烁着的星光，一定是赶海人摇曳的渔火

飞鱼一样划过碧空的流星，落在了冈底斯山的后院

没有溅起一丝水花，却点燃了人间的万家灯火

落在布达拉宫屋顶上的雪，厚积薄发
它们已羽化成耀眼的星光，在红山上空闪烁
它们以自己独有的方式，修行养性，洗濯经幡
滋润和擦亮那些磕长头者善良的眼睛与心灵

踩在巨人肩膀上的雪，冷艳而妩媚
冰清玉洁的身子骨，晶莹剔透，透着清新的芬芳
污垢很难到达这个高度，它们纯粹的世界
仿佛童话般绚烂，无不令人肃然起敬

那些被阳光烘一烘就融化的雪，忍耐不住寂寞
它们跳跃着去寻找自己的生活和归宿
常常无法把握自己的命运，只能随波逐流
只有那些站在最高处的雪，越是懂得宁静致远

2021 年 6 月 4 日至 25 日于云南迪庆、西藏昌都、
日喀则、拉萨、阿里

青色的海

1

原本有一副好嗓子，高亢激越、绕梁遏云
音质爽朗清澈，是黄河大合唱的成员
地壳板块一次激情碰撞，东面渐渐竖起一道
一百多公里的屏风，人们把它称作日月山，从此
不得不把澎湃之心和遥远的梦，深埋
碧蓝、静谧、丰盈、娴雅，便成为其不懈的追求

冲不出重围之水，在青藏高原
养精蓄锐，既然无缘奔赴万里之外的大海
那就平心静气修炼自己的卓识与远见，成为"措温
　　布"（藏语）

——"青色的海"，让没有见识过大海的高原人

读出大海的澎湃、宽广、浩瀚、蔚蓝

有大海之壮观，却无大海之张扬

有大海之辽阔，却无大海之跋扈嚣张

有大海之纳百川海量，却无大海狂风暴雨之率性

无大海之名，却不失大海之博大深邃

有大海之实，却无大海之蜃楼虚幻

站在高原的肩膀上，任岁月沧海桑田

平和在海之上、持重在海之上、海拔在海之上

看看那些终年转湖者的执着，就能领悟到

青海湖的宽容、慈悲、和善、赤诚，在海之上

2

挡住湖水的去路，并非恶意崛起

日月山肩负着自己的使命，矗立于崇山峻岭

岂可只屈就于青海湖的天然水坝

东侧是阡陌良田，一派塞上江南风光

西侧是一望无际的草原，牛羊成群，一幅塞外景象

仿佛楚界汉河，分别代表着

内流区与外流区、季风区与非季风区

农耕文明与游牧文明

唐蕃古道宛如一条绸缎，在重岩叠嶂间逶迤起伏

穿过黄河、黄土高原、日月山、青海湖

穿过阿尼玛卿和尕朵觉悟，两端连着长安与逻些

穿越草原雪山和蒙尘史籍，驼铃声清脆悠扬

会盟、和亲、信使、硝烟、金戈铁马

日月山眼观六路，耳听八方，泰然自若

茶盐互市、茶马互市，车马骈阗，熙来攘往

日月山不动声色，乐于成全这番喧哗

不同的文化在此交流，互异的文明在此交融

日月山还有一项特殊使命，等待一位花季少女

给她筑一个瞭望台，让那位 16 岁的女孩

从京城不远千里远嫁雪域高原，在此登高眺望故乡

了却心愿。顶着高原寒风翻过日月山

面对陌生而荒凉的异域，难掩内心苦楚，泣不成声

湖水原本清凉甘甜，自打汇入了

文成公主的滴滴泪水，开始蕴含着淡淡的苦涩

3

涉世未深的湟鱼幼崽就咽不下这份苦楚

稚嫩的鱼鳍，无法驾驭大湖之水

承受不住来自四面八方的生存压力，每一滴水

落在它们头上都可能是一座大山，知儿女者

莫如双亲，湟鱼父母舐犊情深

深知幼小的生命在淡水中停留的时间越长

活下去的概率越高，那些待产的母亲

不惜拼尽全力游得远一些，再远一些，更远一些

越往上游，河床凸凹，水流湍急

这注定是一段举步维艰的旅程，湟鱼父母们

一往无前，不断跳跃，冲破重重阻力，至死方休

每年同一节点，成千上万身怀六甲的湟鱼母亲

以母性崇高的使命感，无须号令与邀约

携手同行，沿着布哈河、沙柳河、泉吉河和黑马河

一路向上奋进，不吃不喝，毅然决然

突破流水的冲击、卵石的阻挠、生命的极限

日夜兼程，不顾自身安危与死神赛跑

冲破数万只水鸟在必经之路上的围追堵截，视死如归

哪怕精疲力尽而亡，哪怕葬身鸟腹

只为寻找一处心仪的产床，让宝宝们少担一点风险

可怜天下父母心，为了年幼无助的生命

为了传承青海湖的血脉，为了让青海湖的未来

不至于因空虚而变得死寂，大湖的父母们呕心沥血

它们平凡、伟大、顽强、坚毅、可歌可泣

每年的五月至八月，如此惊心动魄的情景

会反复演绎，生命在这循环往复中历久弥新

青海湖仿佛在昭告天下，万物皆有出处

母亲无愧为世上最无私、最崇高、最慈悲的活菩萨

十月怀胎，孕育出生生不息的人间烟火

那些套在母亲身上有形无形的枷锁，不斩断就有愧于

　　苍天

善待天下母亲，让母性的光辉在大地上自由闪耀

湟鱼世世代代都遵从祖训，这些游子

不论出生哪条河道，离青色的海多远

都要洄游到青海湖母亲般温暖的怀抱里，生死相依

4

俨然一位宁静、娴雅、矜持、知性的高原母亲

平和、纯净、深湛、恬雅、秀丽、端庄

太阳来到大湖面前，也不由自主地变得柔和、温婉

月亮投入怀里，更是千姿百媚

大通山、日月山、青海南山、橡皮山

分别从东南西北四面守护着大湖，寸步不离

纵有千言万语，谁也不愿率先打破亿万年的默契

只有大湖进入了冬季的深睡眠，群山才盖上白雪

酣然入睡，但总会比大湖提前醒来

唤来鱼鸥、棕头鸥、斑头雁、鸬鹚、大天鹅、黑颈鹤

轮番在大湖表演劲舞欢歌，谈情说爱，繁衍后代

给大湖带来生机、活力、欢笑与喜庆

日子便一天比一天过得充实、舒坦、热闹

日出、霞云、经幡、牦牛、羊群、鲜花、小草

与山湖相依相偎，你中有我，我中有你

仿佛千百年前就结下的缘分，让不屈的生命走向永恒

湟鱼洄游的脚步声，胜似天籁之音

和着高原的阳光、蓝天、星辰、清风、马嘶

唤醒了油菜花、薰衣草、格桑花、早熟禾

山坡、草原、湖畔的绿叶以露水净面，伸展筋骨

冰草、蒿草、黄精、茇茇草、镰形棘豆、披针叶黄花

纷纷精神抖擞，绿意盎然，以生命中的最佳状态
去应和青色的海之水的碧蓝与荡漾

雪来来往往，草黄了又青

多少过客在此恋恋不舍，多少候鸟离去了

依然选择再次归来，风霜雨雪腐蚀了岩石的表面

它的内心仍旧坚硬如初，草枯一岁

是为把根扎得更深，与青海湖连理，相生相长

5

有一位叫仓央嘉措的诗人，憧憬爱情与自由

选择把生命交给高山、草原和青色的海

交给夜幕下的拉萨，交给活色生香的凡尘人间

"住进布达拉宫，我是雪上最大的王。

流浪在拉萨街头，我是世间最美的情郎。"

在青海湖边静静打坐，他就是祁连山的最高峰

他用自己的灵与肉施舍给青海湖上空的秃鹫和雄鹰

爱与憎、苦与乐、行与思、感与悟

大湖读懂了他的忧愁、烦恼、愤懑、孤独和寂寞

也读懂了他内心的激荡、向往与抗争

这只从青藏高原邬坚岭出巢的雄鹰，展开了翅膀

却没有飞上蓝天，向着苍天发出悻悻的悲鸣：

"白色的野鹤啊，请将飞的本领借我一用。"

他想飞上日思夜想的蓝天，与心上人自由翱翔

那个与他青梅竹马的女孩儿是幸福的

一起骑马驰骋草原，在雪山顶

他们看到了人间最美的朝阳，这份常人完美的爱情

他紧紧抓住，却如一缕桑烟，飘散在云端

深情是一桩悲剧，必得以死来解读

他在青海湖畔远遁而去，高原从此少了一位高僧

草原多了一位唱着情歌的牧民，不羁的灵魂

得以畅游在高原之巅，"宁负如来不负卿"

他是一尊有灵性的佛，选择了这片湖心水湄

作为自己的归宿，他定能泅到芳香的草径、千年的

　　誓言

大湖之水丝丝波纹，仿佛镌刻着蓝色忧郁

一个披着袈裟的红尘诗人，驾驭着波澜去了远方

6

许是高原早已预料到仓央嘉措有此一劫
心生怜悯，事先安排一条小溪
——倒淌河，这条原本向东汇入黄河的使者
代表有情之人，返回青色的海
自由流淌的波光潋滟，无疑就是一行行绚烂的诗句
沿途向着蓝天、白云、高山、草原、经幡
诠释着诗人的心境和梦呓，夜以继日，绵延不绝

"天下河水皆向东，唯有此溪向西流"
清凌凌的水，仿佛呢喃细语，娓娓道来
不见滔滔，不闻哗哗，像夜空中一条流动的星河
又似飘扬在草原上的哈达，逶迤数十公里
世代逐水草而居的藏族同胞，难掩心中喜悦之情
他们对家乡的热爱和赞美，从不吝啬：
"柔莫涌"*——一个多么令人羡慕和喜爱的地方！

---

* 柔莫涌，藏语，意思是令人羡慕喜爱的地方。

无须咆哮之水，源远流长、日夜歌唱就好

无须浩荡之势，清澈甘洌、永不枯竭就好

一条小溪可以接纳一棵小草、一头牦牛、一个民族

一滴水可以装下一座大山、一方天空、一个世界

数万年来，沉着、静谧、从容、淡定、豁达

向着青色的海不徐不疾、悠然而归、初心不改

覆水难收，能让一条河回头，唯有青色的海才具有如
　　此魅力

7

有人言之凿凿，说目睹过青海湖水怪

青海湖之水清澈明亮，上不欺青天

下不瞒黎民百姓，大湖坦荡、清明、澄净、爽朗

望一眼，辽阔的心胸一目了然

没有不可告人的秘密，水很深城府很浅

阅尽人间烟火世事沧桑，平静淡然

内心已修炼得波澜不惊，任何风雨都掀不起滔天巨浪

每一条注入大湖的清流，自始至终清洌甘甜

不像有些水，出身清白、纯净、澄明

走着走着，就变得浑浊不堪

青海湖把蔚蓝、澄澈、旖旎、温润、千姿百态

毫无保留地奉献给高原，把淡淡的苦涩

埋于心底，自己深藏着茶卡盐湖一样

一颗晶莹剔透的心，只有与大湖交心的人

才能成为大湖的知音，才懂得甘甜与苦涩都是生活的
　一部分

8

常言道：靠山吃山，靠海吃海

但靠青海湖的人，不吃湖

藏族、汉族、蒙古族、回族、土族、撒拉族、满族

他们都珍爱湖光山色，与湟鱼和谐共处

他们牧马放羊、种植燕麦青稞、剪羊毛、打酥油

整理自家的草场、储备过冬的干牛粪

周而复始，乐此不疲，日子过得充实又富足

龙胆的蓝花，卷叶黄精的紫红，报春的粉嫩

马蔺的淡蓝、蒲公英的艳黄、金露梅或清雅，或浓烈

把青海湖的夏天烘托得绚烂多姿，在远处踟蹰的

熊、狼、豺、藏狐、豹猫、秃鹫、草原雕

健硕、警觉、精神，它们都是大湖不可或缺的忠实

守护神

它们与我们同甘苦共进退，情同手足，休戚与共

它们的气息弥漫开来，青色的海就觉得踏实、欣然

青出于蓝而胜于蓝，青色的海的心境胜于海

青色的海契合人们心中的寂寞和彷徨、憧憬和乡愁

是顿悟之后，冥合于自然天性的真情皈依

是藏于内心，始终遥望，总想抵达的人生祈愿

拒绝凡俗，将尘世风烟渐渐淡去，过滤为

一个静谧的空间、一个缄默的世界、一个圣洁的天堂

大湖之上青冥浩荡，无敛无迹

远处，只有母羊恋子的颤音绵延悠扬

2022 年 2 月 23 日至 27 日于澳大利亚悉尼

大戈壁

题记：新疆之大，大在茫茫戈壁。

1

大戈壁，大在它的胸怀和包容

能装下如此辽阔的贫瘠和苍茫

那些缺失担当的山丘，把自己不能容忍的

洪水、砾石、碎屑和蛮荒

统统拒之山下，大戈壁却毫不迟疑地

逐一接纳，妥善安置

无论是来自何方之物，它都来者不拒

推诿和嫌弃，从来就没有纳入过它的考量

面对烈日、暴雨、大雪、狂风

它都沉默不语、泰然自若、岿然不动

缄默，是源自它那颗强大的内心

它常常予以示人的
是一些长得着实朴素的石头，自家兄弟
凭我的肉眼，无法区分彼此
它们仿佛大戈壁无限忠诚的卫士，赤胆忠心
无论大戈壁对待它们如何苛责和刻薄
都一动不动地坚守在自己的岗位
手牵手，心贴心
顶着燥热、干渴、风沙、寂寞
在无边无际的荒芜中，顽强地讨着生活
没有犹豫、没有怨言、没有退缩
即便是一无所有的不毛之地
再苦再累，自己的家园，从不轻言背弃

2

大戈壁仿佛一位有些严酷的父亲
秉承中国父亲传统的思想
——棍棒底下出孝子，黄荆条下出好人
教化那些顽劣而坚硬的岩石
从来都是疾言厉色，绝不和风细雨

化及豚鱼，磨昏抉聩

它用来自远古的风，永不停歇地唠叨

用火辣的阳光、冰冻的雨雪

磨其锋芒，去其粗粝

用昆仑山的雪水，反复地冲刷

用塔克拉玛干沙漠的热沙，再三地打磨

而岁月则像一位心灵手巧的母亲

总是春风化雨，精心雕琢

它倾注的耐心，没有白费工夫

在大戈壁众多的石头家族中，和田玉

一骑绝尘，出落得出类拔萃

缜密以栗、温润滋泽、瑕不掩瑜

而且，它的抗磨损、抗拉伸、抗压入的能力

在身价不菲的众多宝石中，首屈一指

常常令人叹为观止，爱不释手

它不仅受到平常百姓的喜爱，更以尊贵之躯

走进皇宫，享受国玺之尊荣

制成玉磬："叩之，其声清越以长，其终诎然。"

3

和石头兄弟同呼吸、共命运

并肩前行，与酷热、干燥、风沙、严寒

进行艰苦卓绝的抗争的，还有

胡杨、红柳、胡颓子、骆驼刺、沙棘、蒺藜

生命之源匮乏，它们决不坐以待毙

而是创造性地把根深深地扎入地下，抓牢大地

再大的风都无法动摇它们的毅力

它们的根能分解苦涩的盐碱，化腐朽为神奇

源源不断地为自己提供向上的能源

它们高举生命的绿色和希望，像星星之火

以坚强的气魄、勇气和生命力

在塞外的西域呈燎原之势，向荒芜发起绿色冲锋

沙尘暴可以毫无忌惮地搬走一座山

却搬不动一块石头、一棵胡杨、一株红柳

胆大妄为的龙卷风能玩耍的

无非就是一些碎屑，在充满活力的树木面前

不得不绕道而行。面对叶城、喀什

那些昂首挺胸，并肩前行的一排排新疆杨和柳树

所有的挑衅、欺凌、压迫和苦难

都无计可施，只好偃旗息鼓

而它们以从容和淡定著称，无论战胜

多么强大的对手，总是不喜不惊

它们知道，生活在这片土地上

妥协就代表着淘汰和死亡，胜利是唯一的选择

4

有了生命的气息，石头兄弟

就不会感到孤独和寂寞，生活就有了生气

有了盼头，有了滋味，有了惬意的时分

晨曦中春意盎然，余晖下绿波荡漾

蹲在树荫下，烈日无计可施

沙尘望而却步，即便是从塔克拉玛干沙漠

吹来滚烫的热风，如同猛烈的拳头

砸在一堆棉花中，无声无息

在薄皮核桃、红枣、苹果、香梨树

还有新疆杨、胡杨、柽柳和骆驼刺的熏陶下

也已从善如流，不再那么火辣和狂躁

变得柔和、细腻、凉爽、清新

阿克苏冲积扇平原，无边无际

俨然已成为绿色的海洋、丰收的道场

万顷碧波、青翠欲滴、生机勃勃

棉花、玉米、葡萄、甜瓜、土豆、蔬菜

禁不住扭动纤细腰肢，窃窃私语

这些绵延不绝的生机，不只是我目睹

芦苇、蒲草、芨芨草、碱蓬、裸果木、铁线莲

也备受感染，它们神采奕奕，随之起舞

大天鹅、赤麻鸭、猫头鹰、啄木鸟、斑头雁、鹭鸶

这些天外来客，统统收敛起翱翔的欲望

下凡到人间，歇息、嬉戏、玩耍、大快朵颐

面对这浩荡的幸福，最高兴的

莫过于镶嵌在多浪河堤坝上，其貌不扬的石头兄弟

它们沉默寡言、甘于寂寞、无私奉献

在一个平凡的岗位上兢兢业业一干就是 180 多年

小心谨慎地把远方的雪水，循循善诱

为的就是在大戈壁浇灌出生生不息的人间烟火

5

能站上乌鲁木齐周围的山丘，眺望

远处万家灯火的石头兄弟，是莫大的荣幸

挣脱黑暗，让光明照耀人间

这温馨的场面，不正是自己为之奋斗的目标

曾经吃过的苦，经历过的磨难

顿时烟消云散，在荒山野地没日没夜地扛着

风车叶片的石头兄弟，常常身处风口

被风数落、被雨敲打、被阳光炙烤、被严寒围攻

承受着莫大的压力和责任

那些踩在自己肩上的钢铁巨人，源源不断地

把清洁能源输向远方，造福人间

我们的石头兄弟，即便是被时光磨去了棱角

也依然敦厚朴实，拒绝油头粉面

它们以最低的姿态，匍匐在地

与卑微的尘土终日厮守，心里却惦记着

让温暖驱逐寒冷，炊烟赶走饥饿

即便置身于低洼处，也保持着对旋转的叶片

崇高的敬意，不做绊脚石

日晒雨淋、风吹霜打、冰封雪冻

都无法动摇它们的意志，只要那些巨大的塔筒

屹立不倒，就没有咽不下去的艰难困苦

我仿佛听到它们在齐声高呼：让风吹得更猛烈些吧

只要叶片旋转，迎风而立的

都是铮铮铁骨、顶天立地的好汉

风永不停歇，它们奉献的热情就永不枯竭

6

酷热和风沙，联手搬空了一湖水

罗布泊浩浩荡荡的碧波，已无影无踪

许多鲜活的生命，因此画上句号

那些不甘消逝的灵魂，在盐碱地上闪烁白光

楼兰密语失传已久，被荒芜吞噬的古城

彻底臣服于寂寥，曾经热闹非凡的古丝绸之路要道

已化作一缕烟尘。而石头兄弟

联合胡杨、红柳、梭梭、沙枣、枸杞、芦苇

誓死坚守的克拉玛依，得到了一代又一代新疆杨

竭尽全力的支援，蛮荒节节败退

骆驼们扶老携幼优雅地在旷野上漫步

悦耳的驼铃声，已褪去远古刻骨铭心的忧伤

大戈壁不可貌相，克拉玛依蕴藏的黑油

更不可斗量，其貌荒凉，甚至

拒人于千里之外，内心深处却激情澎湃

抽油机夜以继日地"磕头"，仿佛是

要感恩大戈壁的慷慨馈赠，有了这些铁杆兄弟

肝胆相照的力挺，没有战胜不了的困难

酷暑、大风、寒潮、冰雹、山洪

这些屡战屡败，不肯善罢甘休的挑战者

其结局无非就是遗弃一些积怨，远遁而去

子不嫌母丑，石不嫌地贫瘠

平静下来的大戈壁，依然是它们辽阔的眷恋

7

关键时刻，冲在最前沿的总是石头兄弟

呵护松软柔弱的土壤，它们深感责无旁贷

暴风时时刻刻都想搜刮大戈壁，石头兄弟沉着应对

掠夺者只好空手而归。骤雨欲洗劫大戈壁

石头兄弟挺身而出，宁愿自己损失一些棱角

被庇护的肥沃土壤，则安然无恙

当大戈壁迎来第一个地窝子、第一座干打垒伙房

第一口井、第一堵蓄水涝坝、第一犁土……

它们禁不住嘘了一口气，它们知道

改变石河子戈壁滩命运的时刻，终于到了

盼望这一刻，它们仿佛等了亿万年

它们自觉自愿地等候迁徙，让出地盘

给小麦、棉花、玉米、大豆、甜菜、向日葵

还有麻黄、黄芪、薄荷、荆芥、防风、甘草、柴胡

它们甘愿做道路上的垫脚石，建筑房屋的基石

哪怕是被粉身碎骨，掺进水泥中

也在所不惜，它们想扶持的不是一座城市

而是活色生香的人间烟火，是生生不息的信念

杨树、柳树、榆树、白蜡、梭梭柴、红柳、沙枣

绿树掩映，鹿、黄羊、狐狸、狼，流连忘返

鹰、雁、天鹅、喜鹊、仙鹤、白鹭

这些天外来客愿意落脚，一个诗意盎然的地方

那一座座厂房、一栋栋民宅、一条条街道

可不就是诗人们像春蚕吐丝一样

面朝黄土背朝天，躬身于大戈壁吟唱出来的铿锵诗行

从那漫无边际的青纱帐中，刮起一缕缕绿风

吹拂着石河子每一张朴素、平凡而自信的笑脸

2021 年 7 月 3 日至 16 日于新疆石河子、阿克苏、

克拉玛依

长城

1

从太空鸟瞰蓝色星球，据说
唯一能见到的人类建筑，便是万里长城

一道绵延万里的高墙，从山海关老龙头
翻越虎山、燕山、太行山、大青山、阴山、贺兰山、
　祁连山
跨越辽河、大凌河、滦河、无定河、黄河、黑河
穿越丘陵、高原、草原、平原、沙漠、良田、湖泊、
　村庄、城镇
宛如一条巨龙，在东方大地蜿蜒起伏
奔腾咆哮了2000多年，其声喽喽，其势赳赳

凝聚着中华民族的智慧，也饱含着中华民族的苦难

述说着中华民族的厄运，也诠释着中华民族的辉煌

这是一部恢宏厚重的中华史籍，每一块砖

都是一个沉甸甸的方块字，每一片瓦

都是一个醒目的标点符号，每一个烽火台

何尝不是一个隐隐作痛的伤疤，每一座墩堡

何尝不是一声仰天长啸，每一堵墙

何尝不是一个回肠荡气的故事，横亘在神州胸膛

搬不动，挪不开，无法忽视，不舍仰望

是妻离子散的团圆，背井离乡的凯旋

是血肉模糊的胜利，浴火重生的骄傲

是遥远的疼痛，咫尺的丰碑

是不堪回首的坎坷，引以为傲的荣耀……

2

在远古时期，犬戎频频南下进犯中原

烧杀抢掠，强掳妇女，能带走的什么都不留下

带不走的也不想被人所用，尽数捣毁

周王朝奇思妙想，煞费苦心，建立起烽火台

白天点燃狼粪施烟，夜间燃烧柴草放火

相隔数公里，台台相连，用以通报敌人来犯

四条腿的马跑得再快，也快不过

不长腿的烟火，没有城墙相连的"点式长城"

属于长城的初级阶段，居高临下

令来去如风的游牧骑兵，不得不望长城兴叹

终日沉溺于美色的亡国之君，荒淫无道

为讨爱妃欢心，周幽王姬宫湼竟然命人点燃烽火台

诸侯以为犬戎来犯，纷纷领兵赶来救驾

不见外敌身影，只见姬宫湼和妃嫔褒姒高坐城台饮酒
　　寻欢

诸侯们心生愤懑，不再相信烽火

等到犬戎真正带兵攻破镐京，姬宫湼至死

也没有等来一兵一卒，他死于自己的失信于民

戏弄诸侯于股掌，最终以付出生命为代价

3

春秋战国时期，列国争霸，互相攻防

争相高筑城墙，以绝不请自来之敌的侵扰

此时北方的游牧民族匈奴，日趋强大

不断掳掠秦、赵、燕三国边境

善于骑射，长于野战，惯于突袭的草原劲旅

以步兵和战车为主，行动迟缓的三国

毫无招架之力，硬碰往往被动挨打

唯有把城墙筑高加厚，让对手无功而返

秦国歼灭六国，统一中国后，神采飞扬的

开天辟地第一帝，热衷于追求长生不老

秦始皇嬴政异想天开，派方士卢生远赴海外仙山

寻访长生不老之药，空手而归的卢生

为逃避罪责，谎称寻得一本名为《录图书》的谶书

书中赫然写着："亡秦者，胡也"。

消灭来自北方的威胁，免去心头之患，正中嬴政下怀

蒙恬率 30 万大军北击匈奴，横扫草原，斩获颇丰

为了一劳永逸消除来自北方游牧部落的隐患

嬴政一不做二不休，决心修筑一道不可逾越的高墙

无数徭役夜以继日地赶工，加上饥寒交迫

累死病死者不计其数，遗体就地掩埋于长城下方

秦朝民间广为流传着一首《长城谣》：

生男慎勿举，生女哺用脯。

不见长城下，尸骸相支拄。

无数男人的尸骸，成就了长城的基石

相传青年范喜良和女子孟姜女新婚宴尔

范喜良就被抓去修筑长城，不久因饥寒劳累而死

尸骨埋在长城墙下，孟姜女身穿寒衣

历尽千辛万苦来到长城边，痛哭三天三夜

长城突然坍塌，露出了丈夫的尸骸

孟姜女安葬范喜良后于绝望之中投海自尽

徭役和赋税如两座大山，压得人民喘不过气来

西起临洮，东止辽东，蜿蜒一万多里的长城

是人民的血与泪、灵与肉的堆砌

是人民的怒与怨、仇与恨的延伸

打仗是一员猛将，修长城是一把好手

大将蒙恬修高筑厚了民怨，最终落得含冤而亡

修长城者，得先修民心

长城并没有维系秦王朝千秋万代，而是适得其反

4

边墙、烽燧、敌台、关隘、城堡

依托地形，用险制塞

凡关城隘口都是选择建在两山峡谷之间，或是

河流转折之处，或是平川往来必经之地

既能控制险要，又节约人力和材料

以实现"一夫当关，万夫莫开"

城墙更是利用山岭的脊背修筑，居高临下，易守难攻

长城以外，断然放弃

长城以内，便是被圈定可供农业生产的肥沃土壤

信奉杀伐和征服，必须确保后方的安宁

建一个大型综合性防御系统，来确保帝国长治久安

筑起一道阻挡来犯之敌的屏障，也是

打开一扇策马扬鞭的大门，拒敌人于大垣外

也将自己禁足于大墙内，篱笆扎得再牢

最终阻止不了战争，阻挡不了岁月的风风雨雨

令秦始皇嬴政始料不及的，秦王朝的命运

并非亡于"胡"，而是被修筑长城的民怨所终结

5

华夏的广袤陆地被一条隐形分界线一分为二：
东南气候温润，水土肥厚，适宜农耕
西北降水稀薄，地广草丰，适合放牧
农耕势力与游牧势力的出现，仿佛是苍天蓄意为之
无论是从地域上，还是从气候上
秦长城都确立了农耕文明与游牧文明的分隔线

匈奴、柔然、突厥、契丹、乌桓、铁勒、鲜卑、蒙古
铁打的草原，流水的牧民
下马全是牧民，上马皆为悍兵
生活在蒙古高原和西北戈壁沙漠的游牧民族
自然条件恶劣，生活无比艰苦
缺乏粮食、药材、绸缎布帛、钢铁金银，甚至女人
每一个寒冷漫长的冬季，都是一场生死考验

他们岂能甘心于被一道城墙阻隔于苦寒之地
岂能甘心在饥饿和冰雪面前束手待毙
摩擦和冲突在所难免，可矫健的战马跃不过长城
锋利的弯刀砍不断黄河，在岁月的洪流中

农耕文明依托着富庶的土地，始终占据着上风

即便是暂时忍辱负重，一旦时机成熟

就跃马扬鞭，将漠北草原搅得天翻地覆，以雪前耻

6

长城可以约束草原上的羔羊，却难以束缚雄鹰

奉送丝绸布帛、金银公主的妥协和亲政策

实为汉朝的权宜之计，不得已而为之

"匈奴背约入盗，恶烦苦百姓"

建立一支英勇善战的军队，用绝对实力消灭敌人

汉朝为此休养生息了数十年，汉武帝刘彻准备主动
　　出击

大将军卫青打开长城城门，从多个关隘出发

深入草原，进击匈奴，收复河套平原

西迁十万人屯垦戍边，解除了匈奴对长安的威胁

并修建长城塞城，升级长城的防御体系

骠骑将军霍去病西击匈奴，夺取河西走廊

后又率军北进两千余里，越离侯山，渡弓闾河

乘胜追击至狼居胥山，放马豪饮翰海[*]边

刘彻增高加厚了秦长城，又沿河西走廊
把长城延伸到阳关和玉门关，以确保丝绸之路的安全
长城蜿蜒起伏，迤逦雄伟，岿然屹立
西域都护府副校尉陈汤更是发出那时的时代强音：
"敢犯强汉者，虽远必诛。"
此时的长城，已不是汉朝的边界
而是汉朝大客厅里的一道山水优美的屏风
漠北水草丰美的草原，已成为汉王朝的军马场

7

"千古胡兵屈仰止，万重血肉铸安宁。"
筑高城墙等敌人打上门来，不如主动出击
最好的防守是进攻。唐人深谙此道
当满血复活的突厥骑兵，重启南下的劫掠进程
风驰电掣冲到长安城外，如入无人之境
李世民无奈之下与之缔结"渭水之盟"
赠与大量丝绸金银，以丰厚物资换取暂时的和平

---

* 翰海，又称北海，即现在的贝加尔湖。

缓过气来的李世民，发起对突厥的总攻

一举将其彻底瓦解，唐代的版图超越长城

远出大漠，没有外来威胁的李世民

失去了为长城添砖加瓦的热情，兵强马壮

是唐人筑起的钢铁长城，为百姓的安居乐业

民族大融合和通向世界的丝绸之路保驾护航

长城不是保护墙内人民的唯一屏障

真正打败游牧部落的，不是又高又厚的城墙

是一个个可以在野战中与之一决雌雄的血性男儿

疏于修筑长城的宋王朝，面对来自北方的威胁

即便是与己有利，已然向对方妥协求和

每年送去无数的朝绢和金银，以"助军旅之资"

屈辱和软弱，岂能赢得征服者的尊重

最终被另外一个草原部落——蒙古人杀得人仰马翻

8

"高筑墙，广积粮，缓称王"

贫苦农民朱元璋凭借这九字箴言，走上了

统一中华的道路，直至把蒙古人送回漠北老家

防御，始终是重中之重

坐上金銮殿的朱元璋再次祭出自己的法宝：高筑墙

1373 年，修筑嘉峪关

1374 年，修筑雁门新关

1381 年，修筑山海关、黄崖关、居庸关、紫荆关

倒马关、平型关、偏头关、娘子关、杀虎口关、阳
  关、玉门关

沙场上的常胜将军徐达俨然已成为泥瓦匠

——主持修筑了 32 道关隘

一道东起鸭绿江，西至嘉峪关

长达 8800 多公里的明万里长城横空出世

长城不仅是一个浩大工程，更是人类建筑史的奇葩

——直接把悬崖峭壁削劈成山险墙、劈山墙

墙依山势，高耸入云，令人望而生畏

同时借助江河湖泊作为长城的天然屏障

把长城打造成为一道险峻陡峭、不可逾越的屏障

然而，固若金汤的长城防线，阻止不了

自内而外的腐朽，长城到底没能拯救朱家王朝的衰亡

9

靖边楼、牧营楼、镇东楼、临闾楼和威远堂

一字排开，城外四瓮城拱卫，形成重城并护之势

外层筑有罗城、翼城、卫城、哨城

山海关雄踞山海之上，地形险峻，气势恢宏

扼住关东通往华北平原的战略咽喉

维系着一个王朝的身家性命

长城坚不可摧，守卫者却不一定坚定

雄壮如山海关，最终也敌不过人心的动摇

清王朝的缔造者就是从山海关穿门而入

这个马背上长大的民族，对修筑长城深表不屑

爱新觉罗·玄烨巡游到山海关，挥笔写下：

万里经营到海涯，纷纷调发逐浮夸。

当时用尽生民力，天下何曾属尔家。

朱家王朝历时两百多年，劳民伤财修筑的长城

也没能成为守住朱家千秋万代基业的篱笆

长城再高再厚再长，约定的脚步

始终都会相逢，信守的心

始终都会相拥，含泪高高举起的酒杯

始终都会碰撞出耀眼的火花，照亮中华民族的前路

该吹来的沙，都大大方方地造访过

该下起的雨，都淅淅沥沥地舞蹈过

该飘落的雪，都纷纷扬扬地摇曳过

长城内外本就在同一方土地上，同一片蓝天下

兄弟阋墙，总会在一缕春风里

握手言和，一笑泯恩仇

面对远道而来的豺狼，一定是手足连心同仇敌忾

10

曾几何时，长城在岁月的侵蚀下

有些砖瓦已被荒芜淹没，有些罅漏长满野草

有些城头已变得灰头土脸，有些高墙业已坍塌

风使劲地吹，雨不停地摇，长城在哭泣

中华民族从来没有变得如此的软弱可欺，任人宰割

强盗在家门口耀武扬威，自己人却还在手足相残

长城内外凄雨寒风，硝烟弥漫

黄河在咆哮！黄河在咆哮！黄河在咆哮！

1933 年 1 月，日本关东军对山海关

发起猛烈攻击，拉开了长城抗战的序幕

义院口、冷口、喜峰口、古北口

侵华日军在长城防线遭遇到前所未有的顽强抵抗

一个民族的意志被熊熊战火猛烈警醒

大炮在怒吼，枪管在燃烧

鬼子的鲜血染红了义勇军的大刀

长城的血可流，头可断，但决不向侵略者投降

生死存亡，热血儿女在神州大地奔走呼号

平津危急！华北危急！中华民族危急！

捐款、捐物、投军，全国人民纷纷走上长城前线

递茶倒水，搬运弹药，救死扶伤

长城再次凝聚起四万万人心，坚决不做亡国奴

"把我们的血肉筑成我们新的长城！"

众志成城，四万万同胞手挽手心连心

就是谁也无法征服、不可战胜的新的长城

11

在不断对抗与征战的历史洪流中，长城

始终没能阻断外来入侵者，而人民

抓住那白驹过隙的平和时刻，晨兢夕厉
发展和传递中华文明，屹立于世界民族之林
没有在挫折中湮灭，而是在千难万险中不断强大

见证了中华民族的兴盛和衰落，也目睹了
中华文明的萌动和壮大，庇护过生灵
也禁锢过脚步，横亘东方大地，气势磅礴的巨龙
仿佛是每一个奋发图强的中国人的化身
在那些砖瓦上，都能找出自己的名字
在那些基石上，都隐含着自己忍辱负重的秉性
那些峰回路转的关隘，不正是
我们百折不挠、柳暗花明命运的真实写照

同沐一片阳光，同浴一场春雨
被同一颗明星照耀，被同一盏明灯温暖
行走在这块土地上，吃再多的苦，受再多的累
我们都临深履薄，励精图治，历久弥新
我们每一个人的骨子里，都横亘着一道万里长城

12

从爱新觉罗氏的家乡，长驱直入

随车流从山海关鱼贯而入，战鼓和枪声

仿佛依旧在城堡上响起，远远望去

我怕一些还没有落定的尘埃，伤及自尊

雪来得过于急切，寒意瞅准机会

在我降下车窗和防备时，猛地给我一哆嗦

物是人非，城墙上斑驳的屈辱和苦痛

纷纷掉落下来，堆砌在我心中，压得我呼吸不畅

走进长城的城门，宛如走进了自己的内心

我常被一些旧疾所困扰，不愿面对

逃避和遗忘，那是可怕的背叛

从窗口射进来的阳光，有一种天然的亲切感

那种被温暖包围，仿佛一剂炙热的物质

注射进自己的骨髓，让我的整个身心迅速暖和起来

有些过去是再也回不去了，西出阳关

仅存一座寂寥的土墩，仿佛大海中一叶飘零的孤舟

我猜不透它是不是还有尚未了却的心事

天气如此酷热，风沙如刀刃一般锋利

它始终不愿离去，仿佛还在等待西去未归的故人

玉门关城墙里顽强的红柳枝，不由得不令人钦佩

它们真把汉武帝刘彻的话，当成了圣旨

——誓死做好城墙的主心骨，两千年不动摇

无论大漠如何威逼利诱，它们都漠然置之

当然，也有不少沙土开了小差，背弃自己平凡的岗位

最令人敬畏的是嘉峪关城门下的那棵左公柳

它的秉性跟栽培它的左宗棠一样倔强

200多岁的树了，身板还像左公当年一样硬朗挺拔

68岁的老人，抬着给自己用的漆黑棺材

毅然决然，向侵略者发出震耳欲聋的嘶吼声：

"伊犁我之疆索，尺寸不可让人！"

这等情怀和气节，想必是深受长城的熏陶

从甘肃、宁夏、内蒙古，一路上

我不敢靠长城太近，只能远远地仰视

长城翻山蹚河的那份淡定和从容，永远不可效仿

骑在祁连山的背脊上，不见长城盛气凌人

行走于荒芜落寞的沙滩戈壁，也不见长城气馁

一头扎进深山幽谷，长城也没在起起落落中

垂头丧气，只要有需要，猛然一跃

长城就会在另一座山头上，昂首阔步、意气风发

走进长城的内心，是在北京的八达岭

虽然置身高处，长城并没有丝毫的趾高气扬

匍匐在山的肩头，尽管身姿挺拔

决不抢众山的风头，长城只增加了山的高度

丰富了山的内涵，拉伸了山的遐想

长城的巍峨业已植入众山的骨髓，而众山的静谧

已深入长城的肌肤，长城与众山相互依存、相互成就

13

长城是历史的一部分，中华民族的一分子

长城所走过的路，中国人民都走过

有的笔直，有的弯曲

有平坦，亦有坎坷

有过跌倒，更多的是腰板挺直

有风加雨的吹打，也有阳光明月的照耀和抚慰

饱经沧桑，受尽岁月的雕琢

只要长城的一砖一瓦

将心凝聚在一起，相依相偎

长城这条巨龙就会在世界的东方巍然屹立

长城的传人，就是龙的传人

人民是长城的砖，长城的瓦，长城的基石

2023 年 3 月 2 日至 9 日于云南大理

黄河长调

1

有巴颜喀拉雪山馈赠，亦有天赐雨露

约古宗列盆地准备了一百多口"炒青稞的锅"

——装满了水，叫水泊

这片沼泽地里水草丰美，生长虫草、贝母、大黄

还有众多朝夕相伴、风雨同舟的朋友：

野驴、野牦牛、藏羚羊、岩羊、白唇鹿、黑熊

这里的人们已经记不清楚祖上多少代人

在此放牧牛羊，生活

涓滴之水汇成小溪

再聚成小湖、大湖、大河

终于，开始拥有了撕开地表的洪荒之力

2

黄河之源，每一滴水
身世都清清白白

有巢氏、燧人氏、伏羲氏、炎帝、黄帝、尧、舜
择黄河而居，钻木取火，刀耕火种
日出而作，日落而息
黄河赋予他们生命，他们赋予黄河生命力

黄帝依托黄河的富饶，打败炎帝，成为各部落共主
他们集体狩猎、捕鱼、采摘野果
种植大麦、小麦、黍、稷
驯养家畜
造犁、造车、造船、造宫殿，制作五色衣裳
黄帝的妻子嫘祖
驯化野生的蚕，教人们养蚕、缫丝、织帛
华夏子孙从此走出山洞
脱掉树皮、兽皮、原始、蒙昧
穿上柔软光滑的丝绸

黄帝发明亭子后，嫘祖还发明了
雨天可以移动的亭子——伞

黄帝的左史官仓颉，仰观奎星环曲走势
俯瞰龟背纹理、鸟兽爪痕、山川形貌、手掌指纹
依事物形状，创造了象形文字
从此告别了年久月深，绳结记事难于辨识的困惑
黄河完成从原始到文明的飞跃

服饰华采之美为华
广阔的疆界与和雅的礼仪为夏
黄河为华夏民族的摇篮

3

水往低处流。黄河以自己的方式
冲破一切阻力，滚滚向前
围堵拦截，河水还以咆哮、泛滥
沟通疏浚，黄河顺风顺水、造福一方

大禹借助自己发明的测量工具
——准绳和规矩

走遍黄河上下，用神斧劈开龙门和伊阙

凿通积石山和青铜峡，使黄河之水畅通无阻

鲤鱼得以跳龙门。成全别人

这是黄河奔腾不息、始终不渝的追求

大禹从父亲鲧治水的失败中吸取教训

改"堵"为疏导

让黄河迈开步伐，昂首阔步走向远方

大禹常年在外与民众一起奋战，天当蚊帐地当床

时间紧迫，食物滚烫

折树枝夹肉或粉粢，食之

——筷子，两根普通平常，其貌不扬的木棍

凝聚着一个民族的智慧

从随意到考究，从粗糙到精致

扶持着中华文明，从远古向未来走去

4

渭水北岸的磻溪，一位年已古稀的长者

目光炯炯，日日在河边垂钓

竿短线长，线系直钩，不挂诱饵，离水面三尺有余

樵夫见之，大惑莫解

只听他自言自语："姜尚钓鱼，愿者上钩。"
——他钓的是王与侯
光阴不负有心人，他的满腹经纶赢得施展的契机
辅佐周文王成就了千秋霸业

纳百川而成其大
渭水率滔滔之水加入黄河大家庭
助其声威，壮其气势
洪流如刀刃，切割大地
积石峡、刘家峡、八盘峡、青铜峡
悬崖峭壁、河床狭窄、水流湍急、鬼斧神工
走自己的路，黄河不在乎别人怎么说

不知是黄河之水，漂黄了两岸人民的肤色
还是他们的皮肤，给黄河之水上了颜色
黄肤色的文明，已然在东方崛起

5

喝黄河之水长大的大汉，羽翼渐丰
千里沃野，粮食满仓，骏马奔腾，气吞河山
多年休养生息，已然兵强马壮

排除来自北方游牧民族威胁的时机，已然成熟

张骞、卫青、霍去病、李广、董仲舒、主父偃、东
　　方朔

策马扬鞭，横渡黄河，所向披靡

联手凿通河西走廊，打通连通中西方的丝绸之路

曾经让中原谈虎色变的匈奴铁骑

与黄河不辞而别，遁走他乡

简牍，把那些闪光时刻，一一记录在案

甲骨、竹简、木片、丝绸

这些传递人类生活和情感的媒介

不是材料过于昂贵，就是过于沉重不便携带

制约了黄河文明的传播和发展

沤浸、蒸煮过的树皮

经过切割，捶捣

用篾席捞浆，纸浆在捞纸器上交织成薄片

大汉蔡伦造出来的纸，薄如蝉翼

纸，解放了竹子、树木、肩膀、脑袋和思想

黄河的秉性跃然纸上

东方开启了属于自己的新纪元

6

没有谁能阻挡黄河向前的脚步

土不能、石不能、树不能、山不能、人不能

王朝已然不能

拐多少道弯，心中的远方矢志不渝

黄河在贺兰山以东，古狼山、大青山以南

拐了一个马蹄形的弯，撒下一片沃土

又急吼吼地向前进发

"天苍苍，野茫茫，风吹草低见牛羊"

《敕勒歌》里唱的，远不如河套平原的庄稼和青草

长势良好，青葱、茂盛，令人过目难忘

黄河在动，山岳在动

盯着肥沃土壤的眼睛，一动不动

汉人、匈奴人、敕勒人、党项人、吐蕃人、突厥人、

　　回鹘人、蒙古人

有人想在这里播种，有人想在这里放牧

有人在这里升起炊烟，有人在这里支起帐篷

有人在这里歌舞升平，有人在这里擂响战鼓

仿佛黄河水，奔涌而来，奔涌而去

贺兰山东麓，住着西夏王朝的几位君王

他们踩着黄河的鼓点

在黄河以北唱歌跳舞、喝酒吃肉、征战杀伐

倦了就地躺下休息，睡榻绝不含糊——

内外神城、阙台、碑亭、献殿、角阙、角台、陵台

气势恢宏，一点都不马虎

一丝不苟地维护着党项拓跋氏的尊严

只要夜夜能听到黄河的鼾声，他们就心中泰然

7

黄河是有脾气的，你心怀敬畏

你的付出就会被黄河尊重

大汉的王景听懂了黄河的呓语，与之赤诚对话

八百年间，黄河流域的人民就远离噩梦

大宋平民毕昇，一个从事雕版印刷的工匠

摸透了方块字的灵性

他用黄土渗入黄河之水，制成胶泥字

一字一印，用火烧制成陶质

然后排版和印刷，字体循环使用

省时、省力、方便、快捷，效率迅速提高

告别容易抄错、抄漏的手抄本

加速了文化的传播，被誉为人类文明之母

与黄河朝夕相处的大宋

只想像牵牛鼻子一样，让黄河改道

三十年河东，三十年河西

步履忽东忽西

不是淹了自家粮仓，河北成为一片沼泽

就是陷都城洛阳，成为摇曳在黄水中的一叶孤舟

大宋王朝处心积虑想以黄河为天堑

抵御外患，最终弄巧成拙

假如人云亦云，摇摆不定

轻易就能因他人的意志为转移

黄河就不配叫黄河

8

滔滔之水，取之不尽，用之不竭

能滋润心灵，能庇佑庄稼

能让一个荒芜的世界，蜕变成生机勃勃的绿洲

亦能轻而易举摧毁那些虚拟的繁荣

大元疆域"北逾阴山，西极流沙，东尽辽左，
南越海表，汉唐极盛之际不及焉"
淮北地区一场暴雨，致白茅堤、金堤决口
济宁、定陶、巨野等地水灾泛滥，人民苦不堪言
穷一点没关系，家和万事兴
被河水洗劫一空，家已荡然无存，就无须再忍了
黄河的涛声，此刻成为揭竿而起的号角

苦涩泛滥，非黄河的本意
不要让隔阂演变成隐患，一发不可收

远离苦水，是那些泡在水中的人
一生不变的追求
他们容易把水中的一根稻草，看作一叶扁舟

9

河道的宽窄，并不决定渡河的难度
从此岸到彼岸，近在咫尺
有人却要付出毕生的心血和精力

从东岸到西岸，在银川黄沙古渡

我乘坐的是古老的羊皮筏子

——传说它是黄河的初恋

黄河张开臂弯，紧紧地搂住自己的至爱

如此汹涌的亲密，我竟手足无措

筏工保持着清醒，划动桨片

半推半就地划向对岸。只有掌握黄河脉搏的人

方可驾驭黄河涌动的情感

黄沙与绿野，长城与烽火台

滩渚与芳草，飞鸟与渡船，戍卒与渡客

仿佛时光的道具，黄河才是亘古不变的主角

王昭君出塞和亲，康熙皇帝亲征噶尔丹

黄沙古渡的经典插曲，得到了黄河的认可和资助

方可建功立业，彪炳千秋

对于强者，黄河总是给予肯定和尊重

渡人就是渡己

漫漫岁月，发生过多少次过河拆桥的事

黄河已记不清楚，却牢记着

那些越筑越高的堤坝，是为自我约束

10

安塞腰鼓响起来的时候，是黄河的开心时刻

即便道路逼仄如壶口，脚步依然欢快

一路上吟唱着陕西民谣

这是由衷的，绝非苦中作乐

黄河心里清楚，曾经富饶的黄土高原

因为战乱和滥伐林木，才使生活变得千沟万壑

土质松软肥沃，树木茂盛

一直以来是农牧文明征战的焦点

硝烟散去，风摧雨蚀，高高耸立的塬、梁、峁

阻隔着人们的目光和财富

生活被贫困、落后、闭塞所折磨

却从不掩饰人们对黄河、对这片土地的挚爱

他们用信天游与这个世界做着精神和情感的对话：

"羊啦肚子手巾哟三道道蓝

咱们见了面面容易哎呀拉话话的难

一个在那山上哟一个在那沟

咱们拉不上个话话哎呀招一招手

瞭的见那村村哟瞭不见个人

我泪格蛋蛋抛在哎呀沙蒿蒿个林"

黄河孕育了粗犷、豪放、质朴的陕北人

他们的理想竟如黄土一样朴素：

修建几孔窑洞，娶妻生子，是他们一辈子奋斗的目标

只有黄土高原，才配拥有这般淳厚的子民

黄河不停地带走这里的黄土

去填补远方的空虚

11

来到东营，黄河的步履变得从容

广阔无垠的大海，已然向黄河敞开了胸怀

万物皆有因果循环，黄河心知肚明

很久以前，有一个叫嬴政的牛人

想活到万万岁，不远万里

从都城咸阳来到黄河出海口，寻找生命的奇迹

他派出三千童男童女，去仙境采药

从蓬莱出海，至今未归

他痴迷于找寻长生不老药，术士们各显神通

没有炼出仙丹，无心插柳

发明了豆腐和火药，饱了人民口福也改变了世界

黄河更不曾想到，荣辱与共

跟随自己长途跋涉五千多公里的泥沙

竟然留恋海岸边的人文景观，欣然在这里落户安家

能在齐鲁大地站稳脚跟，接受圣人——

文圣孔丘、兵圣孙武、艺圣鲁班、医圣扁鹊的革心

　熏陶

必定是春风拂面，意气风发

刺槐、榆树、臭椿、加拿大杨、侧柏郁郁葱葱

水稻、小麦、玉米、高粱、棉花茁壮成长

丹顶鹤、白鹳、金雕、大鸨、中华秋沙鸭、白尾海雕

这些漂泊不定，四海为家的精灵

来了去，去了来

最终认定黄河三角洲就是自己离不开的家园

12

黄河愤怒的时候，黄涛滚滚，地动山摇

黄河温存的时候，清澈如镜，静如处子

黄河肆虐过的地方，疮痍满目

黄河浇灌之所，生机勃勃

黄河该沉默时沉默，该咆哮时咆哮

黄河该弯曲时也会低眉顺耳

黄河能伸能屈

黄河即便是拐九十九道弯，也决不后撤

黄河没有想去而去不了的地方

除了向前，黄河拒绝任何别的选择

黄河特立独行，在古老的黄土地上

不受他人左右，始终走自己的路

13

并不是所有的水，都能拥抱大海

有些水，走着走着

就迷失在烟波浩渺的世界，虚无缥缈

有些水亦步亦趋，俯首帖耳

被自我禁锢在风平浪静的方圆之内

那些汇入小沟小渠的水

于无声无息中，将生命在付出中得以升华

拥有流动的水，才叫江河

否则，叫荒滩

这么简单的道理，黄河和水当然清楚明白

一滴水无论多么高贵，离开黄河

就会风干，只有众多的水凝聚成一片浩荡汪洋

同呼吸、共命运

才能走得更久、更远，更加波澜壮阔

2021 年 10 月 9 日至 16 日于宁夏银川

青藏高原

拉萨，天堂来信

1

来到拉萨，你会收到一封
来自天堂的信，读懂了
你会讶异，读不懂
你也会深感震撼，这封信是用无垠的蔚蓝
写就。秃鹫空投而至

信封上盖着大昭寺的邮戳
年代虽已久远，却没有一点陌生感

邮戳上的日期，仿佛就是昨天

它的神圣，尘埃都不敢触碰

吉祥禽兽立于精美绝伦的飞檐翘角

目光炯炯，加持不留死角

当年，吐蕃王松赞干布赶着一千只白山羊驮土

在一片沼泽地上筑起的寺院

就是离天堂最近的地方

那些远古的塑像、器物、门柱

修炼了一千多年，面对人间的喧哗

香烛、经幡、桑烟、信众

始终面色祥和、悦目、宁静、淡定、端庄

不被岁月的风起云涌所左右

门口的石板，因磕长头者的修行

渐渐有了人的模样——

头、脸、手、身子、脚，清晰可见

在天堂，亲吻虔诚

便是缘分，就算是一块顽石，都可以被感化

邮戳最清晰的地方

是执着，即便迈不过那道门槛

从那些旋转的经筒中，都能感受到

信笺的浓墨重彩，庄重、凝练

这是写信人经年累月、矢志不渝的写照

2

大唐王朝显然是读懂了这封信

十六岁的文成公主亦了然于胸

她以尊贵之躯千里迢迢，从都城长安跋山涉水

历时三个多月，远嫁异域

带来了中原的匠人、工艺、种子和理念

她的善良，感动了高原肉长的人心

五年后，松赞干布远足未归

滞留在遥远的天堂，她原本是可以荣归故里

——返回家乡长安

却选择留下来，在松赞干布

给她在红山上筑造的红墙碧瓦的布达拉宫

一住便是一千三百多年，这个柔弱的中原女子

在此完成了从人到神的升迁

步行九百多级石阶，就能登上红山山顶

跨过布达拉宫的门槛

嘴唇颤动、双手合十、诚惶诚恐

这封信最难懂的部分

是寂寞和修炼，远离繁华

一盏青灯，能使人愁肠百结，倚窗远望

叫月儿在头上瘦成一弯新镰

凡尘俗子，只识得镶嵌于塔身上的玛瑙宝石

而对于一座塔的内涵，岂能琢磨透彻

不要打扰那些紧闭的朱门

不属于我的空，也不可以随意带走

假如有缘，就为摇曳的香油灯

添上一份属于自己的祈祷，神情必须庄严

轻浮写在脸上，人神都能瞅见

那是对自己莫大的伤害

3

扎西和卓玛，是写信人

他们世世代代生于斯长于斯，对高原

怀有难以言喻的爱，刻骨铭心

他们穿着氆氇或毛皮制作的藏袍

手戴护具，膝着护膝，前身挂着毛皮围裙

尘灰覆面，不惧千难万苦

三步一磕，不折不扣，风雨无阻

步步趋向心中的圣城拉萨

他们起早贪黑，辛苦劳作，积累财物

只为此时，散尽全部家财

推着一个平板车，扶老携幼

带上简陋的生活用品

不畏数千里，历数月经年，风餐露宿，朝行夕止

匍匐于尘土、冰雪、日月之上

执着地去履行一生的夙愿，无怨无悔

像蚂蚁一样爬行，虔诚、专注

用额头、嘴、手、身子、脚和灵魂

在高原大地上不知疲倦地写啊，写啊，写啊，写

毫不理睬那些疑惑的目光

任何诱惑都不可侵蚀心灵的净土

从春到冬，从白天到黑夜

从青丝到白发，如果要读懂这封信

首先要在自己的灵魂深处

领悟他们脸上那片宁静的高原红

4

能读懂这封信的人，都已经看透了生死
知道感恩和报德，他们得到大地
慷慨的馈赠、养育和爱
水、粮食、牛羊、秃鹫、桑烟、雪山、蓝天
都是大地无私的恩赐，他们无以为报
自己用旧的躯壳，就不应该带走

他们表达对土地深沉的爱，常常就是
采用最简单易行的方式，把灵魂出窍的躯壳
直接交付于干柴烈火，一瞬间
就能重新回到大地仁慈宽厚的怀抱
与尘埃密切结合，不分彼此
携手扶植青草遍野，喂养牛羊成群
高原为之生生不息，雪山恒久地行注目礼

这里不仅是世界屋脊，也是灵魂的高地
普通的写信人，怕自己的躯壳
成为这片壮美大地的累赘，他们以自己独特的方式
维护着高原的纯净和圣洁

在第三极之上，虔诚

是第四极，这是难以企及的灵魂海拔

5

这封信的内容，丰富而饱满

虔诚又执着，想必是用了拉萨河的水浇灌

这股生命的源泉

源自念青唐古拉雪山的慷慨馈赠

涓涓雪水，汇聚成滔滔江河

雪豹、野驴、野牦牛、羚牛、金丝猴、白唇鹿

这些天之骄子，不仅仅

见证了奇迹的诞生，自己也有幸成为

奇迹的一部分，无愧为一粒粒生动活泼的文字

雄鹰、金雕、秃鹫，这些天外来客

是天堂忠诚的信使，传承着

高原的辽阔、自由、豪迈、奔放和坚韧

它们强悍而高贵，面对拉萨河

都要低下头颅，用河水沐浴自己洁白的羽毛

才能保有激情，继续翱翔

黑颈鹤、斑头雁、赤麻鸭、棕头鸥

这些都是天堂的过客，它们在拉萨河湿地

吃饱喝足之后，稍作休息

就会揣着高原的馈赠，继续去追逐自己的远方

蓝天和白云，常常也情不自禁地

跃入河中，酣畅淋漓地沐浴

受益良多的是世世代代生活在高原的

那些双脚行走，四腿奔驰的精灵

人、马、驴、羊、牦牛、藏獒

在高原和谐共处，构成信中不可缺失的生动章节

一个在河边用陶罐汲水的老人

双手合十，默默地为取之不尽的源泉祈祷

随流水而去的，只是平淡无奇的岁月

沉淀下来的是石头一般沉默的修行

垫高了拉萨河的河床，以及这座城市的海拔

6

信笺上的水印，雕刻着

念青唐古拉山和纳木错的爱情故事

线条粗犷、轮廓分明、入木三分

蓝白之间相互辉映，你中有我，我中有你
这是造物神世上无双的杰作
主要不是出于防伪，这别样的山水画卷
神秘感陡然增强，让人流连忘返

白雪皑皑对应碧波万顷，便是天造地设
传说念青唐古拉山和纳木错
是一对生死相依的情人，终身厮守
念青唐古拉山因纳木错的衬托
而更加英俊挺拔，纳木错因为念青唐古拉山的倒映
而愈加绮丽动人，它们含情脉脉地
互相注视，仿佛有说不完的情话
娓娓道来，听不听得懂
并不十分重要，只需抬头仰望一眼，就知道
这是忠贞不渝的爱情的最高海拔

我有万亩柔情，你威武雄壮
我纯洁、澄明、清澈
你巍峨、壮丽、挺拔
每一颗玛尼石都是为你写下的
一封不朽情书，每一粒纤尘不染的白雪
都是我拒绝融化的思念

蓝天作证，依偎在念青唐古拉山的怀里

纳木错的内心，始终装着

不老的念青唐古拉山，直到天荒地老

天堂的爱情故事，自然至纯至真

像冰雪一样洁白无瑕，像转湖转山者一样

坚守着自己内心深处的那份赤诚

从不在乎那些惊讶的目光

蓝的，要蓝得惊世骇俗

白的，要白得冰清玉洁，决不降低美丽的落差

7

赏他山风光无限，不如走出自我的局限

读遍万水千山，不如读青藏高原

读自己，先读懂双脚、心灵、思想和欲望

卸下多余的奢求，坚守纯粹简单

你就不会再在漫漫长路上徘徊和迷茫

你有一封来自天堂的信

如果读不懂，那是你离人间的烟火过于疏远

假如你肯俯下身子，像那些

不惧烈日、风雨、霜雪

坚持磕长头的人一样，足够贴近大地

贴近生活，贴近善良和爱

你就会幡然醒悟，原来你我都是文字汪洋中

一个可有可无的小小符号

有你，月儿圆

没你，太阳升

时光从来不会因为谁而停顿片刻

背负不起的东西，不如放下

2021 年 6 月 20 日至 23 日于西藏拉萨

阿里，遥远之外的遥远

1

世界屋脊的屋脊，青藏高原的高原

遥远之外的遥远，辽阔、狂野、苍茫的阿里

你高得高不可攀，远得遥不可及

你的高远，远在地球的南极北极之外

远在寂寥的白昼与长夜

远在静谧、质朴、善良、虔诚

远在男人与男人在这里可以成为生死之交

女人在这里可以向男人托付终身

远在早晨起来头重脚轻，脑袋一抽一抽地疼痛

远在海拔 4508.9 米的床上躺平，酣然入睡

世界第三极的远，远在念想和欲望之外

远在用苦难与倔强编织的图腾里

远在流浪的灵魂无论如何都想抵达的梦境

伸手摘一朵高原的白云，置于头顶

用于遮蔽那些看不见摸不着、无处不在的紫外线

天外来客过分地关注、垂青、亲昵

我还不太习惯，李立只是一个过于拘谨

而且胆怯懦弱的孤独诗人，忌讳的东西太多，譬如

炙热的阳光、稀缺的空气、众多的神灵

神秘的咒语、散落在旷野上的白色动物头骨

都会油然而生一种莫名的敬畏心和恐惧感

我还不曾领教过高原的狂野

——暴雪、狂风、冰雹、严寒、寂寥

我世俗的灵魂，还无法企及阿里亘古的寂寞与荒芜

云儿那么洁白，那么稀薄，那么轻盈

仿佛轻轻一碰，就会粉碎飘散

承载不下我太多的颤动、恐慌、忐忑和泪光

我心跳加速，血液不由自主地澎湃

目光过于浅薄，却执意想探究那些可望而不可即

蓝天近在咫尺，伸手就能触碰到苍穹

假如可以下载一些纯粹与蔚蓝，请原谅——

我贪婪一次，我想更换自己本已浑浊不堪的心灵

世界多么静谧，星星之间的耳语

叩敲着耳膜，清晰可见

假如谁想偷听牛郎和织女的情话

我敢发誓，距离天堂最近的阿里就是不二选择

"这里的土地如此荒芜，

而通往它的门径如此之高，

以至于只有最亲密的朋友和最深刻的敌人

才会前来探望我们。"

——被朋友牵挂，是情义

被敌人惦记，是富庶

神秘的阿里，既承载荒芜，又传承文明

2

风云际会，电闪雷鸣，沧海成陆

阿里，唯有大自然方可定义

你的过去、现在与未来

你横亘的蛮荒和永不停歇的求索

在这个蓝色星球上独一无二

昆仑、喀喇昆仑、冈底斯、喜马拉雅山脉

四条巨龙邀约在此英雄论剑

仿佛博弈的世外高人，屏声敛息，锁眉苦思

谁都不急于求成，蓝天下

白光闪闪，寒气逼人，直指天际

纳木那尼、冈仁波齐、隆格尔山

把成千上万年的雨与雪，一点一滴积攒起来

演变成洪荒之力，撕开地表、夺路向前

森格藏布、朗钦藏布、马甲藏布、当却藏布

仿佛极富创造力的艺术家，肆意挥舞刻刀

大地变得千沟万壑、支离破碎

无数的土柱、土塔、土墙、土堡聚集在刻版上

一幅出自大自然之手的杰作——札达土林

横亘在高原，惊天地泣鬼神

在缺乏树木的荒野，被勤劳睿智的藏族人民

改造成遮风挡雨、保暖御寒的屋舍

山，孕育了水

水，造就了地势低洼的河谷

荒芜便开始繁衍生机，文明之光

照进了这片蛮荒之地——

象雄人在此开天辟地、文韬武略

演绎出一幕幕刻骨铭心的喜怒哀乐和爱恨情仇

3

我来到古格王国时，已是人去楼空

象雄人因地制宜，在土林

挖掘出窑洞，洞套洞、房套房

王宫、殿堂、寺庙、民居皆必不可缺

建筑群下部有地道相通

外围用石砌城墙，城角设有防御碉楼

松赞干布的妹妹从吐蕃和亲而来

她在歌中无不自豪地唱道："我所嫁之地啊，

是大鹏银堡寨，从外面看是险峻山崖，

从里面看却是黄金与宝石……"

而我所见到的，是残垣断壁、日薄虞渊

是泯灭的梦想和岁月的伤痕

地上散布着铁盔甲、马甲、盾牌、箭杆、卵石

藏尸洞里堆积着数不胜数的无头干尸

白殿、红殿、大威德殿、度母殿、坛城殿的壁画

仿佛是象雄人事先留给后人的遗书——

散发着神秘的魅力和生活气息

那些丰满动感的女性，腰肢纤细，肚脐显露

她们笑容可掬，好像在向我款款走来

在我们不知晓其存在的时日里

没有人类活动去破坏古格王朝的建筑和街道

去修正它的文字和宗教

去篡改它的壁画和艺术风格

这片无垠的高原，这片恢宏的土地

深锁着古格文明的千古之谜，已无人可以破解

或许，象雄人后裔那质朴、平和、宁静

褐红色的高原红，藏着谜底

4

离太阳最近，却异常寒冷

湖泊河流星罗棋布，土地却干燥皲裂

上天既无比仁爱，又苛刻严酷

蓝天、白云、大地、流水、黄金、晶盐、羊绒

这是大自然的恩赐。风、雪、冰雹、严寒、干旱

这是大自然给予的劫难与考验

一会儿蓝天白云、风和日丽、江山如画

一会儿天昏地暗、飞沙走石、冰雪交加

连空气都能成为奢侈品的地方

在这里世代居住并生生不息，无疑都是神的子民

中国人口最少的县，动物不计其数

人口却只有数千人，驰骋在荒原上的野生动物

才是这里的主宰者。没有分明的四季

常常需要经历四季分明的一天

青藏高原无时无刻不在诠释着世事无常

孤独仿佛一把剔骨头的手工藏刀，无比锋利

在周身游历，寻找柔弱的地方下手

没有坚强的定力和韧性的人，想在高原的高原生存

无疑是痴人说梦，而旷世的荒芜

使高原更具独特的魅力，令人神无不向往

艰苦和恶劣的环境，并没有击败象雄人

后裔的生活信念和意志，他们拥有

虔诚的信仰和强大的内心，在与大自然的搏斗中

始终占据着上风，他们心灵深处的

那份淡定和超脱，常人永远都不可理喻

糌粑和酥油茶养育的躯体，结实、敦厚、硬朗、矫健

任何艰难困苦都无法撼动内心的平和与宁静

越是经历岁月的磨砺和洗礼

他们越是坚信，阿里才是大千世界的中心

5

中心点位于冈底斯山主峰——冈仁波齐峰

那是神的住所，神秘而圣洁

一股苍凉超凡的极地气韵缠绕其间

令人心生敬畏，神圣不可冒犯

在山脚下向上仰望时，碧空中

山峰冰清玉洁，纤尘不染

当我靠近时，一朵洁白如玉的白云

缠绕着山峰，冈仁波齐峰仿佛瞬间消失殆尽

但它在转山者的心里，是永恒的

他们长年累月地践行自己一生的修行——

转山一圈，可以洗尽一生罪孽

转山十圈，可以在五百轮回中免除地狱之苦

转山一百零八圈，能在当世顿悟——立地成佛

这里是天堂的入口处，我毅然决然

选择了返回混沌的人间，这世间还有太多的东西

令我难以割舍，譬如年迈的父母

那里是我生命的出处，有我坚守的孝道

冈仁波齐峰和纳木那尼峰之间的玛旁雍错

是唐朝高僧玄奘眼中的"西天瑶池"

横亘在他去西方取经的必经之路

胜似碧玉，是四大江——

马泉河、孔雀河、象泉河、狮泉河之源头

清澈的湖水，呈现出不同的色彩

蓝紫色、蓝褐色、蓝绿色、深蓝色、浅蓝色

可以洗濯人们心灵中的烦恼和孽障

在湖中沐浴净身，灵魂得以洗礼，肌肤得以洁净

如能在湖中捕得一条鱼，捡到一粒石子

或拾到湖中鸥鸟的一根羽毛，将一生幸福美满

而鬼湖楞伽错，与圣湖玛旁雍错

在同一座雪山下，尽管两湖湖底暗河相通

但一湖淡水，一湖咸水

一个光明，一个阴暗

一静一动，一死一活，阴阳两界

天地万物，如同人的生死，冥冥之中自有注定

在阿里，要找到自己内心深处的那片荒凉

总有一汪蓝色宝石般的湖水

与你有缘，洗涤你心灵的困倦和迷惘

6

触手可及的苍穹之下，收纳着

数千年历史记忆的河流，镶嵌着苍茫的雪山

厚重的土林和澄澈的湖泊

世界屋脊成了藏族人民心灵深处从未停歇的信仰：

用身体丈量过阿里的每一寸黑色大地

用手指数过阿里的每一朵白色云彩

阿里的陡峭山崖他们像爬梯子一样上上下下

像读经书一样背诵过阿里的平坦草原……

冰川的洁白，砂石的黄褐色

永久地统治着这块土地，狂野、荒芜、苍茫

或许是高原之福。人类生命的禁区

却是野生动物的天堂，它们才是这里的真正主人

那些自由的鹰，盘旋于浩浩蓝天

不时俯冲下来，擦着地面低低滑过

凝望一会儿，又飞向荒原深处

发出厚重的气息，像远古沉沉的鼓声

在荒野上奔走，是足够纯净的羌塘最深沉的呼吸

黄羊、牦牛、野驴、猞猁、雪豹、狼

黑颈鹤、雪鸡、黄鸭、野鸽、金雕、秃鹫

奔走于荒野，翱翔于天空

游动于湖泊的生灵，它们用一生的执着

呼唤这片土地的沉寂，在荒原上

书写着属于自己的顽强、坚韧、传奇和信念

针茅、穗草、亚蓼、蒿草、苔草、亚菊、驼绒藜

扎根于荒原深处，像孩子们的手

紧紧抓牢母亲的胸襟，只有母亲的胸怀

才是最安全的港湾，任何飞沙走石

都不可能让它们分离，那是它们对彼此的诺言

正因为荒凉、寂寥、悲壮、坚强
凸显出阿里无与伦比的魅力
一缕清风、一束阳光、一声嘶鸣、一颗石子、一棵
　小草
都是我们希望找到自己内心深处的那片原野
用以存放我们无法耕耘的荒芜

7

在阿里，即便是迷失在荒无人烟的荒山野岭
我都不曾感觉孤独和恐慌
一群野驴的目光，虽然陌生，却和蔼善良
当我的"坐骑"陷入荒芜中的沙坑，两个藏族青年
主动伸出援手，我想记住他们的名字
他们却轻描淡写："在 219 国道上总会遇到好人"
在海拔 5788 米的羌塘无人区，一只孤傲的公藏羚羊
优雅地站在路旁，让我先行通过
它的雍容大度，令我动容并心怀感恩

翻过一座山，前面是一座更高的山

越过一片荒原，前面还是荒野

溪流的歌声，在山谷中回荡，清脆悦耳

这些生命的赞歌，仿佛天籁

偶尔出现在眼前的一间简陋的房舍，不见炊烟

屋前屋后的生活气息，仿佛在说

世人皆为过客，我才是这里的主人

高原的高原的高远，远在不可望亦不可即

远在远道而来的男人和女人，连吃饭都感觉气喘

远在你想一想，都觉得脑袋不灵光

远在鸟儿都不愿意高飞，贴近地面飞翔才有安全感

远在白雪在山峰，数百上千年来

坚守自己许下的诺言，从不背弃自己的洁白

远在空旷无垠的原野，容不下一棵青草

那些看似光秃秃的山丘、戈壁

却令成群结队的牦牛和羊群，恋恋不舍

远在用石头砌成的低矮房舍、围墙

那是牲畜和牧民遮风挡雨、不离不弃的家园

蓝天、阳光、雪山、湖泊、河流、荒原、人民、野生
　动物

是阿里的坚守和信念，如此众多的加持

阿里的遥远只会愈加宁静、祥和、清明、隽永

2021 年 6 月 21 日至 27 日于西藏阿里

河西走廊

1

绵延不绝的求索，在中原大地

蜿蜒而粗犷的血管里，发出浑厚的咆哮声

万里奔腾的黄色血液，从高原迈步

一路向东浩浩荡荡，对于西域

甚至，更加遥远的中亚、西亚、欧洲的先贤

有一种难以抗拒的神秘，尤其是

柔滑的丝绸、精美的瓷器和提神醒脑、清热解毒的

　　茶叶

亘古以来，就吸引着各种肤色人的渴求

马蹄飞溅，回响在时光的隧道

悠扬的驼铃声，循着祁连山的山脊迤逦而行

那些披星戴月的驼队，踩着汉人张骞

留下的足迹，向梦幻般的东方进发

我在他们的身后，吃力追赶，也难望其项背

乌孙、龟兹、焉耆、若羌、楼兰、疏勒、大宛人

他们神情专注、步履矫健、昼行夜赶

河西走廊的每一棵小草、每一颗卵石、每一粒星辰

都能辨认出他们厚重有力的脚步声

蹲守在胡须上的露珠，读懂了

他们呼出的每一丝气息，直到眼前

乌鞘岭不声不响地掏出馕饼一样浑圆的旭日

祁连山、党河南山、龙首山、合黎山、马鬃山

崇山峻岭仿佛一道秀丽的屏风

挡住了向东或向西窥视的心机和眼神

山峰再高，阻挡不了太阳的升起

艰辛路途，难不住芸芸众生对美好生活的向往

无边无际的大漠戈壁，岂能容下

那些永无止境的贪婪目光？东风和西风

总是会在某个地方交融或碰撞

甚至，卷起一场飞沙走石的沙尘暴

2

杨树和柳树，联手筑起的警戒线

把荒芜和生机隔开，绿树掩映的敦煌

仿佛沙海中摇曳的一叶扁舟

面对西边刮起的风沙，沉着应对、挺拔千年

霍去病带领一万精骑，千里奔袭

扫清了河西走廊的障碍和危险

这位十九岁的青年才俊，没有独饮御赐美酒

而是把琼浆玉液倒入泉水，让每一个士兵

每一匹战马、每一缕清风，甚至

那片手舞足蹈的芦苇，都能分享到胜利的喜悦

我也像他们一样，伏下身去

那份醉意蒙眬的荣耀，依旧清澈透亮

我是从西域踏入走廊西端的，酒泉

已非昔日的肃州那般肃杀，莫高窟的藏经洞

也不再向偷窃者敞开，阳关和玉门关

关里关外早已亲如一家，刀枪成了博物馆的镇馆之宝

马儿常为交配而嘶吼，东风和西风

不再为占上风，展开殊死较量

居高临下的城墙，自知已到了风烛残年

把风光让给风头正劲的棉花、甜菜、大麦、糜子

曾经寸草不生的荒漠戈壁，已成为

青稞、蚕豆、豌豆、马铃薯和油菜的家园

疏勒河、黑河、哈尔腾河的嗓子

像从前一样悦耳动听，曲调中再难觅忧伤

霍将军指派去长安报喜的那骑快马，因功受赏

醉卧在觥筹交错的京都，没有回来

而从这里发射到浩瀚太空的卫星和飞船

都已按既定时间准确无误地往返

不论距离多么遥远，耳边传来亲人的召唤

太空缥缈的绚烂美景，敌不过人间的烟火味道

3

有人愿意舍弃亲人热炕，毅然决然

在大漠戈壁深处，掀起一阵绵延不绝的尘烟

仿佛一条愤怒的巨龙，喷射出的火焰

势必熔化掉一切挡道的顽石、枯木、腐草、冰霜

嘉峪关已无须继续虚张声势，所以城门洞开

外城、内城、罗城、瓮城、城壕

人声鼎沸、摩肩接踵，但我们都抡不动大刀

拉不开弓弦，也不入细作的法眼

戏台上表演的哑剧，很少人能领略其中的内涵

曾经五里一燧，十里一墩，三十里一堡，百里一城

号称天下第一雄关，凭借一腔热血

与塞外的风沙雨雪展开殊死较量，竟然屹立不倒

这必定是一种什么精神支撑着，像城门口

那棵风骨遒劲的左公柳，从来没有向岁月低过头

1880 年 4 月 18 日清晨，68 岁的左宗棠

从关楼下跃马而出，士兵们抬着为他备下的漆黑棺材

风萧萧兮飞沙走石，西去阳关是我故土

在寒冷孤寂的大漠，不啻春风悄然度玉门

"伊犁我之疆索，尺寸不可让人！"

决心气贯长虹，三千里杨柳正是那春风中飘扬的旗帜

茫茫戈壁上，长城依然铁骨铮铮

尽管有些沙土开始动摇，有些犯下逃跑主义路线

而红柳枝始终都坚守着自己的内心

时刻铭记着曾经的誓言，作为一堵墙的主心骨

要信念坚定，经得起岁月恒久的考验

4

残垣断壁和青砖黛瓦，不轻言撤退
自始至终都在捍卫着黑水国的体面与尊严
市肆的叫卖声、茶楼的琴弦声
兵防屯驻、茶马交易、商旅迎来送往
刀剑的碰击声、逃离时慌不择路的呼喊声
弱水虽不可泛舟，却一一刻录了下来
那平缓流动的波澜，仿佛隐藏着岁月的万语千言

隋炀帝杨广召集西域二十七国的使团
在张掖举行的贸易洽谈会，邀请函迟到了两千年
我赶到时早已人去楼空，在扁都口
曾经让中原人闻之色变的匈奴铁骑，遁走西方
与我擦肩而过，他们吟唱着忧伤的悲鸣：
"失我祁连山，使我六畜不蕃息；
失我焉支山，使我嫁妇无颜色。"
他们扶老携幼，其声凄怆，其状茫然
作为一名孤独诗人，什么修辞都显得苍白无力
陈子昂、王维、高适、岑参在此遣词造句

都不如那些在风中摇曳的小草

一岁一枯荣，即便是叶儿枯萎腐烂

根依然充满生命力，死了多少遍就精彩了多少回

日月星辰早已翻过了刀光剑影的篇章

说焉支山的红蓝草，能榨出嫣红的汁液

给女子丰腴的脸颊增添一抹红晕，只是一个传说

漫山遍野奔驰的骏马，却是一个传奇

拥有良驹，意味着大胆的构思和宏大的征途

屹立于贯通中西方的大路中央的焉支山，对于马蹄

　　声的

轻重缓急，自有了然于胸的把握

牧羊的、和亲的、访友的、商贾的、十万火急的

来来往往，最终都消失在幽深寂寥的山谷

唯有剽悍勇猛的战马，才能捍卫那个时代的颜面

5

金昌的汉代、明代长城，穿越

田野、草原、河流、山丘、峡谷、戈壁、沙漠

穿越等待、穿越期盼、穿越春华秋实

在大路上送走似火的骄阳，又迎来冰天雪地的肃杀

依旧忠于职守，少有开小差的

负责通知它们解散的人，已去了远方

撑城、城垣、墩院、旗墩、烽燧、女儿墙

各就各位，各司其职，决不懈怠

它们身躯笔挺，一动不动，时刻保持警惕

忠心守护这里的花卉草木、庄稼生灵

守护翱翔于蓝天的雄鹰，奔驰在草原上的骏马

守护星空的孤寂，石羊河悠扬的歌声

守护水中嬉戏的鸳鸯，活色生香的人间烟火

守护大自然鬼斧神工的野性

守护这里的人们与生俱来的豪爽和不羁

守护着我飘逸的思绪和贪婪的目光

它们也有幸成为云杉、红桦、柏、杨、柳、榆树

忠诚呵护的对象，在与塞外风沙的搏斗中

赢得黄小檗、珍珠梅、灰栒子、沙拐枣、梭梭柴、
　　沙棘

赤诚拥护和爱戴；和平与安宁，连散漫的

芦苇、芨芨、节节草、猪耳朵、盐瓜瓜、珠芽蓼

都倍加珍惜，它们争分夺秒地抽芽开花

即便是生命十分短暂，也要为这片土地绽放光芒

雪豹、马鹿、猞猁、石貂、旱獭、麝、狼
天鹅、黄鹂、鹭鸶、雁、鹊、鸠、鹳、鹰、隼、鹞
它们在各自的领地里，生儿育女，优哉游哉
是和睦温馨的大家庭中不可或缺的一员

山水相依、花草相拥、牛羊相亲、飞禽和鸣
这里的守护神绝非古长城，而是金昌人

6

乌鞘岭阻挡了最后一丝太平洋水汽
可阻挡不了大路上南来北往的脚步，相聚河西走廊
在此相生相长，休养生息
白塔寺清楚记得，公元 1246 年 8 月
西藏地方领袖萨迦班智达翻山越岭来到凉州
与蒙古西路军统帅阔端展开世纪会谈
避免了一场血腥冲突，开启了青藏高原的新纪元
在武威的南城门，仰望高悬着的凉州牌匾
我毫无寒凉之意，只感觉到自己已然热血沸腾

我们的祖先，悉心经营着这片寒凉之地
使之渐渐有了生活的气息和热度

戎、崔、月氏、匈奴、乌孙、卢水胡、羌人

他们在河西走廊钻木取火、送旧迎新

牧马吟歌、兄弟阋墙、生老嫁娶、生生不息

他们在马背上驰骋，在篝火旁豪饮

在刀光剑影中呐喊，在皓月星辰下幽会

在胜利面前振臂高呼，灾难降临也会忧伤哭泣

暴风雪击不倒，沙尘暴撼不动

艰难困苦压不垮，他们拥有祁连山一样挺拔的脊梁

他们有悲凉苍劲的凉州词，有与其绝配的搭档：

觱篥、琵琶、胡笳、羌笛、横笛、笙、筝

把凉州的冷月、寒风、寒霜、寒驿、寒雪、寒气

表达得淋漓尽致，令人仿佛身临其境

有大悲悯情怀的"凉州贤孝"，隐恶扬善、喻时劝世

劝导为人要贤、为子要孝

使老百姓千百年来的生活、苦难、梦想和追求

有天马凌空、腾跃飞鸟的神骏

凝聚着中华民族奋发向上、豪迈进取的气质

"马踏飞燕"汲取地气之精华千年，得以重见天日

昭示着一个时代的陨落，一个时代的腾飞

7

凿通河西走廊，打通贯穿东西方通道

丝绸之路不仅仅通往丝绸、茶叶、瓷器、玻璃

通往敦煌、阳关、西域、中亚、欧洲大陆

通往智慧与财富、战争与和平、苦难与荣耀

通往垂涎与贪婪、野蛮与文明、鲜血与辉煌

还连接着交融、友谊、进步、繁华、古今、东西

河西走廊在史书里，在西北大漠戈壁

不断地向两翼拓展，向着未来的纵深无限延伸

河西走廊是一个民族的动脉，仿佛人体血管

维系着这片土地的安宁、繁荣、兴旺

这条古老的大路，蜿蜒起伏，像一条金色丝带

不断地向着远方、未来、梦想延伸

没有停歇、没有止境、没有尽头、没有终点

2021 年 9 月 2 日至 19 日于甘肃河西走廊五市

刀郎

1

走进塔克拉玛干沙漠中的胡杨林

流浪的灵魂，就算回到了

失散多年的家园，饱经颠簸的腿脚

把旅途的疲惫和斑驳的想象

卸于一棵古老的树桩上

久违的清新空气，裹挟着浓郁的泥土气息

从那些苦命的树梢上，纷纷掉落下来

奔波于时光之外，命运在他山

风光旖旎之处，虚构了一幅油墨江山

一次次风雨的洗礼，催生出

那片令人窒息的繁华，春去秋来

翠绿褪去、黄叶飘零，虫儿作茧自救

蛰伏在死亡中，等待被一阵惊雷

再次唤醒，抑或被岁月风干

生命中最坚硬的部分，总是

会在需要灿烂的时日，冒出新芽

生生不息的草木，即便是被巨石压顶

也会选择在阳春三月，从石缝中

艰难地绽放出由衷的一笑

平凡的生活，每一次放纵都是自我救赎

2

流落至塔里木盆地中心的

都是一些细微的黄沙，卑微而贫乏

面黄肌瘦，却异常坚硬

率真而憨直，太阳给予它们热量

它们就无比火热，夜晚给予它们寒凉

它们就异常冰冷，不敷衍

更不阴违，就是它们自己的身世

也说不清、道不明

它们聚集在一起，却构成了一股不可忽视的力量

静时，是一座难以翻越的山

动时，是一股无所不摧的沙尘暴

它们有一个共同的名字——塔克拉玛干 * 沙漠

匈奴、汉人、羌人、柔然、高车、突厥、吐蕃人

他们被命运所裹挟，先后流浪至

塔里木盆地边缘区域，还有嚈哒、吐谷浑人

这些来自社会底层、厌倦了战争

和掠夺的生灵，只想觅得一块自由、和平

不需要多大的安身之所

哪怕赤日炎炎，哪怕艰难困苦

只要可以接纳自己多舛的命运，便无所畏惧

他们聚集在一起，像一丝丝

纤弱的棉纱，拧成一股柔软，却韧性十足

能伸能屈、可拴住命运的缰绳

互帮互助、自强不息，他们自称为刀郎人

没有盘缠、没有手艺、没有牵挂

只有一颗敢于向命运挑战的心

---

* 塔克拉玛干，维吾尔语，意为"进得去，出不来"。

不惧跋涉，他们不安于现状的思维中

隐藏着埋葬饥饿和苦难的基因

山高水远、风沙侵扰、饥寒交迫、前途未卜

毅力成为战胜现实的唯一武器，茫然中

能拯救自己的，只有双手——

狠狠抓紧苦难的七寸，拒绝与桎梏妥协

3

世世代代生活在塔克拉玛干沙漠的胡杨

从不埋怨祖先的短视与贫困

也没有因环境的不公而自暴自弃

没有一种树，能承受风沙

一次又一次的侵扰和打压，而从不折腰

也没有一种树，面对极度贫乏

不靠老天的施舍，不依赖地域的丰沛

而是自力更生，勇敢地突破泥沙坚实的围困

把细嫩的根扎进地下五十多米的深处

从盐碱中，汲取水分和养料

它们从节疤处渗出的苦涩的树液

那是它们对生活默默地诉说

但它们枝叶的繁茂和翠绿，从来不打折扣

它们无愧为树中之英雄豪杰

在胡杨林中讨生活的穷苦人

利用胡杨和芦苇搭建起简陋的茅屋

用以安身立命，繁衍生息

他们在林中狩猎野兽，下河捕鱼

点燃枯枝朽木，用削尖了头的红柳棍

穿上兽肉、鱼肉烧烤而食

把平淡无味的生活过得活色生香

在杳无人烟的荒漠旷野，他们赤脚而行

或赶着古老的木轮牛车，奔波于

大漠深处的风沙之中，远离了战争与世俗

也远离了繁华与富足，赤日和风沙可以把罗布泊

浩瀚无垠的湖水掠夺得一滴不剩

而刀郎人凭着自己坚韧不拔的意志，不仅

顽强地存活下来，而且不断地壮大

像胡杨、柽柳、胡颓子、骆驼刺、蒺藜

这些被青山绿水抛弃的精灵

直面艰难困苦，也毫不动摇地生机勃勃

给这个毫无生气的死亡之海

增添了无限活力，使之渐渐有了人间气息

4

征服自然，靠的是吃苦耐劳、勇敢剽悍

战胜自己，全凭积极进取、乐观开朗

他们齐心协力、同舟共济

在戈壁荒漠中开垦出属于自己的崭新生活

他们感恩这里的一草一木、一石一土

太阳、石头、树木、兽皮、骨头

在他们战胜大自然的过程中，这些为他提供过帮助的

　事物

他们都要一一献上自己的虔诚，予以祭拜

感恩它们在自己困难的时候，舍身相助

同时祈求来年风调雨顺、农牧丰收、健康平安

大漠的脾气变得收敛，戈壁滩上

不再是荒芜挟持着乱石横行，曾经肆意张狂的风沙

渐渐隐藏踪影，勇挑重任的新疆杨和柳树

发挥各自顽强的生命力的优势

开疆拓土、恣意蓬勃，开始统领这片原野

西瓜、哈密瓜、玉米、葡萄、棉花、苹果、红枣

更是不声不响地成为沙石泥土的宠儿

它们的根，扎得像胡杨树和刀郎人一样深
已与这片土地融为一体，难以分离
它们世世代代在这里生根、发芽、开花、结果
这里是他们甘苦与共、生生不息的家园

内心的荒芜比物质的匮乏，更容易
摧毁人的意志，寂寞难耐时
他们便随心所欲、无拘无束地引吭高歌
唱出自己内心的所思所想，如歌如泣
声音粗犷而舒缓，带着几分沙哑
如微风吹过细沙，似月色弹拨树梢
仿佛溪水轻轻地击打着鹅卵石
天籁，在空旷而静谧的天际回荡
赏心悦目的歌舞，能让人暂且忘却几多愁苦
也更容易走进另一个人的内心
在叶尔羌河下游平原荒无人烟的胡杨林里
刀郎人靠坎土曼和苞谷馕唤醒了沉睡的大漠

寻觅和迁徙，是人类永恒的主题
最远的远方，往往就藏在我们自己的心里
征服远方，也就是征服自己的内心

刀郎人的灵魂已然找到了归宿，我的脚步

与刀郎人的歌声一样，没有归途

2021 年 7 月 9 日至 14 日于新疆伊犁

谒莫高窟

1

三危山不长树、不生草、不开花

在夕阳余晖下，它长金光、生静谧、开祥瑞

宕泉河水不徐不疾，缓慢悠然

这无疑是一块风水宝地，连我都看出来了

一生修行、德高望重、慈悲喜舍

见多识广的高僧乐樽，自然是了然于胸

怎么可能逃脱他的法眼，作为一位

吃百家饭、天当蚊帐地当床

云游四海的行僧，这是一个再理想不过的歇脚点

敦煌的雨，下得十分潦草，甚至有些吝啬

当时西域的上空，卷起黄沙漫天

并以迅雷不及掩耳之势，气势汹汹地扑来

街上的商铺打烊，行人纷纷躲避

派去执行公务的一人一车一马

人受伤，车被毁，马受惊跑丢，只好徒步而返

只有那些生于斯、长于斯、死于斯的树

不论粗细高矮，统统宁折不屈

它们自古以来就是敦煌的守护神，与风沙势不两立

雨是踩着风沙的后脚紧跟而来的，仿佛是

对那些岿然不动、坚守岗位的绿色战士的奖赏

一场虚张声势的沙尘暴，不足以撼动生活的成色

夜市依然火爆，吆喝声不绝于耳

红柳枝烤羊牛肉串的焦香味，俨然已成为

夜空中的主旋律，左右着人的味蕾

多少行色匆匆的过客，纷纷在敦煌停下了脚步

2

霍去病纵身河西走廊追击匈奴两千余里

直至最西端的敦煌，才收住脚步

这个十九岁的风华才俊，当然不是因为嘴馋好吃

锦衣玉食中长大的孩子，却胸怀鸿鹄之志

他擅长运用精兵强将，千里奔袭

一个大迂回，出其不意地出现在对手的后方

以雷霆万钧之势，给予致命一击

人民安宁才能安居，才会乐业，才有心思

去经营好生活，才可确保一方平安

只要能歇上一口气，人们就要为生计奔忙

一位妇人挑着一担李广杏在街上边走边高声叫卖

声音中地道的敦煌味道，极具诱惑力

那年，飞将军李广率军西征，行至敦煌

恰逢烈日炎炎，将士们焦渴难忍，李广弓满箭飞

射落一片杏林，杏子大如李子

外皮淡黄、光泽鲜亮、皮薄肉厚、汁多味美

解了全军将士之困，这个独特的杏子

便在敦煌扎了根，李广杏从此成为敦煌水果之王

我正是李广杏成熟的七月，从西域来到敦煌

城墙上士兵们居高临下，烽燧立于大漠戈壁之上

凭水为隘，据川当险，与玉门关南北呼应

黏土掺入红柳枝条夯筑而成的城墙

绵延不绝，横亘在茫茫戈壁上

通往西域和欧亚的两扇大门，在岁月中开开合合
热血与金戈，常常从这里奔腾和碰撞

3

张骞出使西域到过的地方，我几乎都去过
遗憾的是道路相同，无缘为谋
始终没能与他邂逅。沿途遇见各色人等
疏勒河边汲水的楼兰美女，还在我的梦乡种下一片
　　桃花
我放飞一封怀春的鸿雁，迷失于烈烈西风
操吐蕃、蒙古、西夏、于阗、回鹘、粟特、突厥语
还有梵语、叙利亚语、希伯来语的商贾使团
他们神情泰然、面露喜色、意气风发
带来骏马、玉石、香料，返回时
满载着丝绸、茶叶和陶瓷，自敦煌步入大漠
发源于祁连山的都河（后人称之为党河）
滋润着大漠深处的绿洲，成为贯通东西方的前沿

一天，罗马共和国的终身独裁官恺撒
身披一件华丽的长袍出现在一座新建的戏院
恺撒身上光彩夺目的服饰立即成为焦点

见多识广的长老告诉大家，这是来自东方的绸缎

丝绸，一夜之间成为帝国贵族的新宠

甚至，被视作财富和地位的象征

这种从树上长出来的材料，只有一个叫"赛里斯"*的

　　国度才有

贵族们的狂热，让丝绸的价格一路飙升

丰厚的利润促使一波波商队踏上前往东方的征程

他们从世界不同的角落走来，会聚敦煌

混迹于人群之中的诗人李立，独爱江山

与醉心于真经的唐僧师徒，偶遇在宕泉河谷的岩石上

他们身穿百衲衣，腿裹邪幅，脚蹬麻鞋

风尘仆仆，双手合十，立于岸边

素昧平生，他们专注于自己内心的修炼

并不理会俗人的搭讪。关于他俩偷渡出境的传言

已广为人知，他们西去天竺求法

纯属虔诚的个人嗜好，最初众多的情投意合者

来到河西走廊，面对路途日趋艰辛

同行者一个个都打起了退堂鼓，最后仅剩下

一个面带猴相的胡人和一匹老马

我能读懂他们心灵深处的孤独，如不远处的鸣沙山

常常在风高夜黑的晚上，幽幽地呜咽

4

"兴，百姓苦；亡，百姓苦。"

此乃元曲大家张养浩晚年的彻悟。一语道破

人世间的辛酸和疾苦，呜咽声

始终在百姓的背脊上，绕梁不散

达官显贵天天"葡萄美酒夜光杯"，穷奢极欲

老百姓却仅为活命，夙夜匪懈

依然是食不果腹，技艺超群的塑匠赵僧子

没日没夜替别人干活，忙忙碌碌

仍然难以养家糊口，不得已忍痛典卖亲骨肉苟子

皇天后土，企求全家人都能有一条活路

典值小麦二十硕*，粟二十硕

可怜的苟子，还得在卖身契约上签字画押

被卖了还替别人数钱，这是现实生活赤裸裸的写照

其父兄、开元寺僧人愿通等，都一一画押作证

我也狠狠心咬破拇指头，在出卖自己

---

* 硕，一种古老的计量单位。

兄弟的白纸黑字上，按上一个鲜红的手印

在历史的长河中，盛世往往为昙花一现

社会经济繁荣，必然加速土地的兼并

失去土地的农民，唯有迁徙流亡

饥饿的灵魂四处游荡，必然会加速社会的动荡

有人过着纵情声色的生活，就有人熬着

衣不蔽体的日子；有人声色犬马，就有人饥寒交迫

有人荒淫糜烂，就有人卖儿鬻女

雄霸一方的安禄山与史思明趁机作乱，祸害苍生

一时硝烟弥漫、烽火连天

这两个祸首对城破的百姓，毫无怜悯之心

而他们则无一例外地成为逆子的刀下之鬼

犬子爱权力爱美人爱荣华，就是不爱自己的生身父亲

一个朝代轰然倒塌，多少无辜的生灵

被漫天的尘埃淹没，历史典籍中越积越厚的尘土

老百姓骨瘦如柴的双手，已然无力拂去

苍天无眼，大地荒凉，曾经威武雄壮的阳关

仅剩下墩墩山烽燧立于大漠戈壁之上

像一个孤独的问号，只有炽热的阳光和无垠的寂寥

日复一日地在巡视和游荡，不问世事

5

三十年河东，三十年河西

中原群雄逐鹿，生灵涂炭，江山易帜

偏安一隅的敦煌，日渐冷清和肃杀

开启闭关锁国的沉寂模式。流向罗布泊的疏勒河

已然断流，在烈日和风沙不停歇的搜刮下

失去支援的湖水入不敷出，像一位营养不良的老妪

变得面黄肌瘦，没有了往昔光彩照人的妩媚

无人戍守的阳关和玉门关相继崩塌

它们扑向大地怀抱的时刻，无人见过那种悲壮

没有人听到沙砾随风吹散的凄婉

千年华章都被静悄悄地封存在鸣沙山东麓的崖壁上

有些逃离战火和饥荒的布衣、兵将、行僧、隐士

他们还依稀记得在河西走廊的西端

沙漠的边缘，尚存一片绿洲、一方净土

仿佛世界末日的挪亚方舟，向无助的人们敞开胸怀

他们扶老携幼、成群结队、举家迁徙而来

开荒种地、植树摘果、下水捕鱼、以度时艰

来者皆为敦煌人，烈日、风沙、贫瘠

迅速在他们脸上打上敦煌烙印

而在遥远的中原，标榜刀枪不入的义和团成员

被洋人的火枪打得魂飞魄散、血肉横飞

风雨飘摇中，唯有西北浩瀚无垠的沙漠戈壁

尚存一叶绿色扁舟，在顽强地与多舛命运艰苦搏斗

决不让自己像楼兰一样在沙海中覆没

6

沙尘暴循环往复地把沙粒倾泻在三危山

庸庸碌碌的道士王圆禄带领弟子

日复一日地清理这些时代落下的灰尘

直到有一天，他们不经意地推开一扇厚重的石门

淡出人们视野三百多年的大刹，再次引来

五湖四海的目光，强盗们也闻声而至

1907 年 6 月的一个深夜，一支匆忙赶路的骆驼队伍

向西疾驶而去，英国人斯坦因

带着万余件公元五世纪至十一世纪的经卷字画

一经在伦敦出现，立刻轰动了全世界

年少时因灾荒从中原逃难到肃州的农民王圆禄

长大后混进队伍当了一名兵勇

后来出家成了一名道士。经年漂泊的人

年近半百、孑然一身、衣食无靠

找一个地方打发残生，便成了他人生的头等大事

清静幽雅的莫高窟，自然是流浪者

心驰神往的归宿。王圆禄把自己惊人的发现

报告县衙、道府，甚至写成奏折上呈紫禁城养心殿

其结局无一例外地都成为泥牛入海

大风大浪之中水手大副船长们自身难保

谁还会来关心大漠深处这些经文字画的命运？

尤其令人愤慨的是有一天，敦煌来了

大批沙俄军人，野兽们毫不顾惜地在洞窟内

拉屎拉尿，生火做饭，许多珍贵的壁画

被烟熏火燎得面目全非，这群丧家之犬还对泥塑

断手凿目，对壁画胡乱涂抹，乱刻乱描

伏羲、女娲、西王母、风神、雨神、日月神、飞天

这些稀世瑰宝惨遭禽兽们的毒手和玷辱

王道士把从外国人手里换来的那些细碎银子

用来整修石窟和造像，发展香火

他仿佛一位笨拙的开发商，把历朝历代

弥足珍贵的残破塑像一概捣毁，粗制滥造出一批

拙劣廉价的新造像，幻想着流芳千古

愚昧的王道士，至死都在忠贞不渝地践行着

他那虔诚的破坏大业，终将被钉在莫高窟的耻辱柱上

当秋风横扫长城内外，王道士预感到了寒流来袭

年近八旬的他不得不靠装疯卖傻来逃避惩罚

尘埃无法篡改脚印，风雨遮盖不住芳华

鸣沙山的沙粒堆积如山，却填不满

清澈的月牙泉，它像极了我心中的痛

深藏着波澜和呐喊，只展现出宽容平和与善良

7

风已不是那一阵风，而鸣沙山的沙粒

依旧是那副千年未变的面孔，它们卑微如尘土

风能让它们步步登高，也能令它们跌入沟壑

谦卑、迎奉和投人所好，它们十分谙熟生存之道

自古至今，踩着它们的身体往上爬的脚步

已经蔚然成风，等到日落月升

在寒凉的夜风中，就会传来它们的长吁短叹

它们将那些杂乱无章的脚印，抚平

包容进自己柔软的身体，敦煌也将大漠戈壁的
苍茫、坚韧、辽阔和执着，糅进自己的骨子
千年古城的自然气韵，是大漠与山水流转之间
旷远肃穆的时间积淀。并不高耸的沙丘
看似十分柔弱，谁都喜欢踩上一脚
若要彻底征服它们，大概也需要等到天荒地老

很难见到宕泉河的流水了，不知从什么时候开始
它们习惯了在地下流淌，那些熟悉的潺潺声
仿佛有不让人知道的隐痛，不像三危山
几千年来始终坚持着自己的缄默，风带走一些沙
又带来一些沙，它都不声不响、不喜不悲
大雪一直都想改变它的颜色，却总是徒劳无功
它从来都不奢望花草能给自己纺织一件华丽的衣裳
坦荡需要魄力，更需要内涵

2021 年 7 月 23 日至 25 日草于敦煌
2022 年 8 月 30 日至 31 日改于深圳

若尔盖大草原 *

1

水是万物之源。在广袤无垠的大地

缺水的地方叫沙漠，雨水充沛的地方千里沃野

有水，就有生命、有生机、有未来

有水的地方，就有人间烟火，就有灵魂

黑河、白河、贾曲汇聚在若尔盖高原盆地

牛轭湖星罗棋布，九曲黄河第一弯

如藤蔓把大大小小的湖泊串连成闪亮的珍珠项链

---

* 据有关方面考证，若尔盖沼泽是中国最大的泥炭沼泽，至少给黄河提供了百分之三十的水量。

若尔盖大草原沼泽水波荡漾、青草茂盛

藏族人、草原狼、黑颈鹤、白天鹅、藏鸳鸯、白鹳

逐水草而居，经营生活，相亲相爱

麝香、虫草、贝母、鹿茸、雪莲等名贵草药

在此安家落户，造福一方百姓

藏族牧民们骑着高头大马或摩托车

在草原上放牧自己的财富，那些如蚂蚁一样

在山坡、平地、湖畔蠕动的牦牛和绵羊

凶猛而忠诚的牧羊犬，尽职尽责

来回巡视，为主人尽忠职守

他们构成大草原一幅动态的风景名胜

很多年前，这里还是荒无人烟

众多穿皮靴的军队围追堵截，把一支穿草鞋的队伍

驱赶到若尔盖大沼泽地，异想天开地

意欲借饥寒和黑色沼泽消灭对方，那些无底的黑洞

吞噬了无数年轻的生命，而挑在肩上的共和国

从若尔盖大沼泽的死亡边缘，迎来曙光

走向了远方，走向一个又一个胜利

大沼泽给予他们恐怖的死亡，又赋予了他们新生的

　　希望

大草原庇佑那些机智、勇敢、坚强、无畏的人

走进草原、爬上山坡、加入牛羊群
走进牧民的日常生活，他们的艰辛和幸福
全都写在脸上，高原红诠释着坚韧
清澈的目光满溢出坦然、从容、朴素和善良
仿佛清晨的阳光，能把弥漫的雾霭一扫而光
在平坦宽阔的公路上，我有幸成为
一群雄赳赳气昂昂的牦牛、绵羊队伍中的一员
不分彼此，我真正读懂了若尔盖大草原

仿佛沉默寡言的母亲，以她的顽强和忍耐
塑造了一代代高原人吃苦耐劳的秉性
以她的贫瘠和富饶，养育他们
还有他们的牛、羊、马、狼、鹰、雕、雪豹
千万年来，从来没有喊过苦叫过怨
她总是默默地向人们奉献清凉的水、青翠的草
健壮的牛羊、绚烂的阳光、苍茫的岁月

从若尔盖大草原沼泽潺潺流向黄河
流进牛、羊、马的咽喉，滋润我们心田的水
那分明是大地母亲清澈甘甜的乳汁……

2

若尔盖有无边无际的大草原，也有高耸入云的山峰
有山必有好水，好水必有好人家
沿着热尔沟一路向上，热尔河潺潺而下
清澈的溪流仿佛听到了大沼泽的召唤，连蹦带跳
两岸参天的白杨树直指云霄，纷纷向后退去
一个叫后勤村的地方，映入眼帘

村口耸立或大或小的佛塔，是藏族村落的标签
"后勤"是藏语直译，意思是
后山有水流下来，哗啦啦的流水
推动着村口一间古老的水磨坊，无须人盯守看管
饱满壮硕的青稞，慢慢变成洁白无瑕的面粉

青稞耐寒，糌粑抵饿，它赋予
高原人勤劳、朴实、坚韧、顽强的生命力
每家每户门口都堆积着码得整整齐齐的干木材
那是过冬用的温暖，农区用木材
牧区用牛粪，驱赶松潘高原冬天漫长的严寒

泽巴满老人慈祥善良，和善的笑容里

浸透着高原红，就是这位平凡的藏族老妈妈

洗衣做饭、挑水砍柴、下地干活、相夫教子、无怨
　　无悔

别人家不送孩子上学，减轻家庭负担

她宁愿自己吃苦受累，起早贪黑

也要用知识武装下一代，在艰苦的岁月里

她把三个孩子尽数培养成才，成为山前屋后

藏族百姓中的一段佳话，如村后的泉水

澄澈明净，源源不绝，流向远方

村中有一棵白杨树，枝丫繁茂

巨大的伞形枝干上挂满哈达和经幡，泽巴满老人说

听老人讲，这棵古树已在这里生活了上千年

根扎得很深，就像他们的祖先

3

我们常常知道自己从哪里来，却不知道

自己该往哪里去，祖先赐予了我们唯一的生命

我们却往往背叛他们的期许。这里的人

知道自己最终的目的地，是回归朴素的大自然

并终身为此执着地转山、祈祷、修行

一个有信仰的民族，拥有敬畏之心
就会有强大的内心，就会赢得大自然的加持
他们也必然会与大自然融为一体

送逝者上路的是男子，他们约定俗成
村子里的男人，要轮流去履行那个天职
这是男人们成长的必经之路
见惯了生死，心中便拥有一方明净的天空
他们的日子就会像草原那么辽阔，河流那么澄澈

郎木寺静如处子
秃鹫在高空俯瞰人间，一股泉水从旁奔流而下
那是岷江的源头，她以母性的天性
分泌甘甜的乳汁，滋润树木、花草、牛羊、人民
只要你需要，她就无私给予，不求回报

4

有人说过，作为一个女人
如果没有成为母亲，那是一生的憾事

易当措十七岁那年，得了一场大病

浑身浮肿，奄奄一息

是一个高僧伸手相救，让她起死回生

施乐行善的种子

从此就深埋入她的心底

她走上了教书育人的道路，其实

她对朋友对亲人的那份真诚

就是另外一种修行，从不计较得失

恪尽职守，悉心呵护无数的小草和花蕾

不惧高海拔氧气稀薄，战胜寒冷

向着太阳茁壮成长和灿烂绽放，无愧人生

心中深埋的善缘，告诉她

大善是爱苍生、爱山河、爱草原、爱所有的生命

她拿起笔，把自己的善意和执念

变成一粒粒闪光的文字，诗人易当措

从此升华为一位母亲，每一首诗

都是她精心孕育的孩子，延续着她的气息和血脉

人、牛、马、羊、犬、狼、旱獭

树木、草卉、流水、大沼泽……又何尝不是

若尔盖大草原写就的一行行隽永的诗篇？

5

我原以为万玛央金是这家酒店的服务员
长得瘦小，仿佛是一头乖巧的小羊羔
她问我们想不想吃当地纯正的牦牛酸奶，她去买
当她十多分钟回来时，与她聊天
才知道她是这家酒店的主人，而这里的服务员
全都来自唐克镇的贫困户，这是他们家
以自己淳朴的方式回馈乡里乡亲

万玛央金的妈妈叫程秀芳，是个汉族女子
当年在养路队修路，而她的父亲东周
是当地藏族汉子，在路边搭个帐篷修理摩托车
家里穷得买不起洗脸盆，他们结合时
大哥五岁、二哥两岁，八个月大的万玛央金
送给了别人，当年爸爸妈妈走到一起时
他们家里常常吃了上顿愁下顿
双方的家庭都誓死抵抗，三年里彼此形同陌路
汉族妈妈没再生育，视他们若己出
把一生的心血都花在这个家庭

2001 年前，唐克镇狂野的黄河第一弯大沼泽

是旅友们心中的梦想天堂，但找不到

落脚的地方，他们便在一个山坡上搭起十几顶帐篷

没电没水没茅坑，廉价出租给旅友过夜

并以此为契机，大力开发旅游产业

随着景区的发展，五湖四海的游客接踵而至

经过十余年的奋斗，他们家的产业在当地名声显赫

拥有三家酒店、一家马场、两百多头牦牛

富甲一方，一家十四口人生活亲密无间，幸福美满

万玛央金嘴里总是妈妈长妈妈短

在她心中，程秀芳就是自己的生身母亲

作为已是两个孩子的母亲，万玛央金最大的愿望

就是要努力自学，弥补没有进过学堂的遗憾

一天晚上她打来电话，请我写一段话

她要用来转发央媒记者采访她妈妈的一个视频

"谁言寸草心，报得三春晖"

我写给她这几个字，我想

在草原上挨过饿、受过冻、吃过苦

作为一个草原的女儿，更能深切理解这句话

母爱之所以伟大，是因为

爱从不设置前提条件，就像若尔盖大草原沼泽的水

无须黄河索取，它都向着黄河默默流淌

6

生得眉清目秀的次忠卓玛，一袭绛红色袈裟

把她的睿智和柔和衬托得淋漓尽致

她修行的桑哦德青尼姑寺，在宁钦山顶

每次上山下山，她一个人在崎岖不平的山路上

单程步行要走四个小时，十几年如一日

她已修炼成为乐善好施、慈悲为怀的得道高僧

她这次下山，是要陪我去看望

一位叫扎尕的孤寡老人，她居住在长安寨

可命运捉弄人，这位母亲年轻时离异，女儿夭折

清心寡欲生活了数十载，耄耋之年

不堪岁月负重的老宅子最终塌陷了，好在

她心态乐观，贫寒和厄运真拿她没辙

在接受扎尕老人赐予我洁白无瑕的哈达时

我向这位坚强的母亲深鞠了一躬

她为我祈祷"扎西德勒"，我愉悦地附和"哦呀"
她的祝福无比沉重，仿佛门口堆积如山的木柴
它们能给人们带来温暖。家徒四壁
用四块木板围拢的木床上，铺着一张用旧的牦牛皮
上面残留着她与贫寒搏斗的痕迹
但她的脸上没有一丝愁苦，布满皱纹的脸庞
只有高原红、微笑、淡然、宽容和慈祥

离长安寨不远处，有一座叫班佑寺的寺院
在小河对岸，通往寺院的道路迄今仍然是坑坑洼洼
当年一支衣不蔽体、饥寒交迫的队伍
跨过风雨飘摇的巴西乡风雨桥，流落到此歇脚
主题是筹措粮食。饿着肚子
无论理想是多么高耸入云，旗帜难以高高飘扬
他们在这穷乡僻壤，仅用五天时间
竟然筹措到十一万公斤粮食，这是一个奇迹
是一个生死攸关的转折点

如今班佑寺只剩下残垣断壁，矗立于
大山深沟寂寥之中，仿佛是内心深处有许多疑惑
许多不解，深沟里的流水潺潺
大踏步地走向若尔盖大草原沼泽，走向黄河去寻找

答案

7

九月的高原，青色渐渐褪去
广袤大地仿佛铺上金黄色的地毯
一个季节行将结束，另一个季节已按捺不住
草原鼠在地下修筑了四通八达的迷宫
在洞口探头探脑，乐此不疲地与我们捉迷藏

我们向着大草原深处的毡房走去
一个藏族妇女远远地迎面而来，她告诉我们
不要靠近，他们看场护牧的藏獒认生
会伤人，它们对待主人尽职尽责、忠心耿耿
这个善良的女人名叫多吉卓玛

她用头巾严严实实地裹着头，只露出两只眼睛
一是御寒，二是遮挡紫外线
这位两个孩子的妈妈，芳华正茂
藏族女人勤劳善良，不仅要生儿育女
屋里屋外的重活累活都得亲力亲为，男人是一家之主
吃茶喝酒打牌看家，但这个传统已渐行渐远

他们开始懂得疼爱女人，与自己的女人并肩同行

从唐克镇出来，一对藏族夫妻正在收割冬草

我停下车，与他们拉起了家常

男的叫白玛旦真，女的叫索郎杨卓

他们那褐黑色的脸庞，显得格外地般配和恩爱

多吉卓玛家有七十五头牦牛，那是他们家的

全部财富，丈夫常常帮她放牧

她的言语中充满了幸福，把我们送出草场

她沿着公路向另外一个方向疾步走去

与她的出发点刚好形成一个等边三角形

为了我们的安全，她多走了一倍多的路程

目送着她健步如飞的身影，融入

一群健硕的牦牛群，这些草原上的宝贝疙瘩

在此繁衍生息，撑起了高原的半边天

高原的天空，有时候像一位魔术师

从百宝箱里一会儿掏出滂沱大雨，一会儿

掏出灿烂阳光，一会儿掏出七色彩虹

一会儿像撒豆子一般，把牛羊马撒在公路上

高原精灵不怕人和车，它们散漫的步伐

犹若闲庭漫步，它们心知肚明

这里不仅仅是我们的家园，更是它们的天堂

8

九月的大沼泽，白色的河流、湖泊
穿梭于金色草原，仿佛一幅巨大的油画
花湖的花儿已收敛色彩，冬虫草开始蓄势待发
牧民们与牛羊群，都在为冰雪世界做准备
寒意渐浓，大雪已在来的路上

若尔盖大草原的草，尽管纤细、矮小
甚至，大风一吹，就会伏倒
但即便是暴雪，都没有压垮过他们的信念
生活总是会起起伏伏，大风暴雪
可以埋没枯草，却无法压制春天里向上奋进的新芽
更抑制不住若尔盖大草原沼泽内心的荡漾

2020 年 9 月 12 日至 13 日写于四川若尔盖

2022 年 1 月 27 日改定于深圳

伊犁河谷

1

那个冬天缺衣少食，寒气逼人
外寇趁火打劫，越过了封冻的伊犁河
我没有见过冬季的伊犁河谷
那晶莹剔透，处处开满冰花的壮丽景象
一定是美得令人窒息，不然
为什么总能激发野兽的本性，远道而来

他们以为把伊犁将军府和惠远古城
夷为平地，中华儿女的信念
就会变成一堆废墟。总是乘人之危
干些蝇营狗苟之事，不要说天山不会答应

就是文庙前那棵二百多岁的老榆树

也始终没有动摇过，无法忘却

野兽狡诈、残暴的天性和嚣张的气焰

每一片叶子，仿佛都是一部生动的万言书

无时无刻不在向苍天叙述着

自己曾遭遇过的苦难和绝不屈服的决心

面对这棵身姿挺拔，以韧性

著称的老榆树，作为一个高级动物

——正值壮年的湖南汉子

我不禁自惭形秽。懦弱、自私的人

就连向着野蛮的方向咬咬牙、跺跺脚

都要事先环顾一下四周

仿佛自己藏有不可告人的悖逆之心

想起另外一个倔强的湖南老汉

我心中涌起一股滚烫的热流，他竟然以花甲之躯

抬着一副黑色棺材，不屈不挠地

向着富饶的伊犁河谷挺进，毅然决然

2

从南疆到北疆，去伊犁河谷

我选择了走独库公路

这是一条飘扬于蓝天白云之下、崇山峻岭之间

峡谷清流之中的哈达，它一直

游离在我不安分的梦乡，它把不可能

变成了可能，瞬间拉近了

人与天、心与梦、今天与明天之间的距离

让高不可攀的大山、深不可测的峡谷

不再那么陌生，那么遥不可及

让人与自然更容易亲近，但风景与风险

是一对亲密无间的孪生兄弟，始终形影不离

当哈达穿越巴音布鲁克草原

一群土生土长的大尾羊挡住了我们的去路

它们不慌不忙、慢条斯理地横跨公路

仪态万千，像骄傲的公主

不失神圣不可侵犯的优雅。四周的雪山

被夕阳镀上一层金色，仿佛是

佩戴在它们脖颈上的红宝石项链，人世间

被衬托得格外静谧安宁、瑞气祥和

这片水草丰盛的风水宝地

曾经是土尔扈特部的牧羊之地，他们的祖先

不堪异族的劳役和欺凌

在渥巴锡的率领下，经过无数次战役

死伤十数万人、九死一生

才离开了伏尔加河流域，回归千里之外的故里

永不枯竭、九曲十八弯的通天河

一直丰泽着《西游记》流域

这部流淌了千年的名著，滋润过无数的心灵

它溢出来的部分，则以开都河的名义

从这里涌出，滋润小草小花们稚嫩的心灵

不远处，有一对振翅欲飞的白色精灵

在天鹅湖里扑腾，激起的水花仿佛飞溅的珍珠

伊犁河谷，便是由无数璀璨的珍珠

由伊犁河的水，串联起来

3

新疆之大，连戈壁滩上最顽固的鹅卵石

都望而却步，它们不得不

把早已据为己有的地盘，让出大片来给绿色庄稼

貌似强大的荒芜，面对低矮弱小的红柳

也不得不败下阵来。大西洋的暖气流

经过长途跋涉，抵达这里时

已呈强弩之末。岂可让

远道而来的外寇在此胡作非为？

当年在将军沟练兵、在果子沟狩猎的将军

已化身为不怒自威的石人，沉着冷静

指挥着那一排排站得笔挺、声势浩荡的云杉

继续守护着祖先留下来的家园

我比那个倔强的湖南人左宗棠幸运

果子沟大桥仿佛两座大山伸出去的手臂

兄弟一样勾肩搭背，亲密无间

天堑立马变通途，前人需要奔波数天的行程

我仅需数分钟，就从一个山头

来到另一个山头，穿过将军沟隧道

伊犁河谷的又一颗硕大的珍珠——赛里木湖

像挂在天山脖子上的一颗蓝宝石吊坠

明晃晃地出现在我的眼前，令人欣喜和讶异

有人说，赛里木湖是大西洋的最后一滴眼泪

阳光下，它透彻得就像少女的心

一尾小鱼游过，都会清楚地留下一丝涟漪

即便是一些小小的心思，在水底摇曳

都清晰可见、楚楚动人，惹人怜爱

恋人们情不自禁地捧起赛里木湖，深情款款地

系在爱人的脖子上，脸上甜蜜的波浪

仿佛碧蓝的湖面，无边无际，肆意荡漾

这颗祖上传下来的珍珠，谁都没有

丢失的资格，岂能被远道而来的野兽玷污和糟蹋？

4

行装因陋就简，信念却不打丝毫折扣

带着自备的棺材，到达伊犁时

正值黄昏时分。昏昏欲睡的江山

始终都有清醒着的眼睛，野兽再狡猾

碰上聪明的猎人，胜利的天平

已开始倾斜，夕阳余晖下

那个坚毅的湖南老汉，捧了一捧伊犁河的水

洗了一把沧桑的脸，背着双手

头也不回地走向了远方，只留给岁月

像高山一样伟岸、挺拔，难以逾越的背影

我抵达伊宁时，已是亥时

清澈见底的伊犁河，潺潺地流淌

一群在河边吃草的牛儿

睁着夕阳一样圆滚滚的大眼睛，显得十分惬意

旷野里一排排前人栽下的新疆杨树

笔直、挺拔、直指云霄

被晚风轻轻弹拨，发出阵阵天籁

生活在树荫下的玉米、棉花、甜菜、苹果树

生机勃勃，十分招人喜爱

收割完的麦田，仿佛是一条黄金大道

平坦又宽广，一直延伸到远处升起的袅袅炊烟

汽车飞驰在宽广无垠的绿色海洋里

那些艳红、碧蓝、翠绿、紫红色的斑斓屋顶

仿佛是海洋中飞驰的七彩风帆

被生活的强者驾驭着，驶向美满富足的日子

盛夏时节，艳阳高照，风调雨顺

一切美好的向往都在争分夺秒地蓬勃生长

5

头顶骄阳，在伊犁河谷

与棉花、玉米、甜菜、西瓜、葡萄

促膝长谈的人，俯下身子

小心谨慎，生怕怠慢了一株小苗

他们晶莹剔透的汗水，尊重每一株小苗的梦想

生在高坡或洼地，都不分贵贱

唯一的心愿就是让它们天天向上，苗壮成长

在伊犁河畔的草坪上支起一顶帐篷

摆开桌椅和烤炉，让欢声笑语和烤肉的芳香

飘满山谷，或许是

塞种、大月氏、乌孙、突厥、回鹘人的后裔

无论他们穿什么衣裳，说什么方言

都是喝伊犁河的水长大的

是天山南北的山谷、草原、河流、星辰的亲人

是雕、鹰、隼、秃鹫的同胞兄弟

昭苏一百万亩油菜花同时绽放

也不过是瞬间的辉煌，汗血宝马的故乡

万马奔腾，草原才算有了灵魂

空中草原那拉提不仅适合牛羊马走亲访友

谈情说爱、繁衍生息

也是你与星星约会的好去处

夜静云淡，你仿佛就是这里的风，这里的云

你是这里的一切，是今夜的主人……

6

不知从什么时候开始，我们涉足

一些老祖宗的宅院，都需取得别人的允许

行走于霍城，仅凭一张黄肤色的脸

我的目光就能畅通无阻

被外寇蹂躏过的惠远古城，如今已面目全非

回不去的过去，被一把旧锁的铁锈

禁锢在一片断壁颓垣之中

伊犁河畔红栏碧瓦的望江楼前

林则徐单薄的背影，被夕阳的余光

投射到斑驳的白墙上，显得孤寂而忧伤

一声叹息，在长廊深处久久回荡

墙角处，一株艳红的小花

拼尽全力，也没能击退围拢过来的沧桑

只有那棵见过世面的老榆树

像一位睿智的长者，总是那么淡定而从容

墙外传来熟悉的吆喝声，红柳棍

穿过鲜嫩羊肉，经过炭火提炼出来的焦香

掺和着哈密瓜独有的清香

轻易就催开了人的味蕾，哈萨克族汉子

脸上洋溢着的笑容，比炭火还要炙热和真挚

这是只有一家人围坐在一个饭桌上

才有的自然、轻松、舒心、愉悦和幸福

心里装不下惠远古城的人，霍城的薰衣草

无论开得多么灿烂，都不过是

眼前的过眼云烟，世上有永不凋谢的爱

没有开不败的花朵，沿着天际线

铺开紫红色的海洋，荡漾着有情人浪漫的小桨

他们彼此含情脉脉地依偎在天山的怀抱里

收敛的精髓、睿智、气节

仿佛一双无形的翅膀，在灵魂深处

一旦被唤醒，就将展翅翩跹，千古流芳

2021 年 7 月 19 日至 22 日于新疆乌鲁木齐

极边第一城

题记：明朝在云南腾冲修筑石头城，抵御外患，称之为极边第一城。

1

能翻越高黎贡山的石头古道，来到极边第一城
古时候只有商贾、马帮、军队
或为钱财，或为使命，或为戎马边关
而我仅为心中的诗和远方
不远千里，驾车穿越高黎贡山
甚至，把车开上海拔 2200 多米高的大空山山顶
火山爆发后的大空山，内心空虚
经过漫长的修行，其表已然变得生机勃勃
邂逅的朝云寺，仿佛世外高人

在大山深处独自缄默，不为世人所知

淡淡的香火摇曳在稀薄的空气中

一个年老的尼姑，把人间寂寞全都写在自己脸上

驼铃声渐行渐远，我已无法追赶

当我把耳朵紧贴大地的胸膛，古道上

那些石头的内心，仿佛依稀留存着马蹄声声

在我心中回荡，不曾离去

扎根在火山灰中的那些参天大树，是顽强的信使

诠释着生命在极端环境下的生存之道

道路两旁烂漫的山花，必定不是为谁而绽放

未驯化的野性，只遵从生命的初衷

站在高处，顿觉一股寒意袭身

陡峭、蜿蜒、崎岖的碎石铺成的古道中

有一个叫马站的地方，那便是

马帮在国内休息补给的最后一站，往前

便是前途未卜、人生地不熟的异国他乡

我们的祖先背井离乡，艰难跋涉

驼着干粮、茶叶、瓷器和绸缎

换回一种叫缅甸玉的石头，换回一家人的温饱

有些石头，比金子金贵，比人心温润

黑的、白的、蓝的、紫的、黄的、红的、绿的

在腾冲的大街小巷都能见到

翡翠城案台上摆的、门口堆积如山的

柜台里让人垂涎欲滴的

都在考验人的定力和欲望

最疯狂的石头，必须锁在保险箱里

放出来会撕扯人，会令人窒息，会让人心力交瘁

有些石头，我们起早贪黑、省吃俭用

穷尽一生，也可望而不可即

沉思过后，就会倒吸一口寒气：

人命再硬，有时候也硬不过这些石头

2

比人更耐寂寞的，无疑是石头

它们没有友情亲情爱情

无须顾虑别人的情绪，只需坚守着

自己的内心，这些被大自然宠溺的骄子

都是独一无二的存在：高贵、冷峻，个性鲜明

守着色彩斑斓的石头的人，显得无精打采

他们缤纷多彩的梦，受游人左右

那些熟悉的喧嚣，仿佛昨夜梦里的温存

在沉默的石头面前，沉默的人

置身大是大非，显得尤为的无知和粗浅

石头们镇定自若，宠辱不惊

火山爆发将各种物质分离，某些元素

缓慢地脱胎换骨，蜕变成坚硬的宝石

时间不仅让石头增光添彩，还增值

人类的生命，则过一天少一天

石头碎了，纵然亿万年后，依然是石头

个性依然强硬，决不妥协，而今

比石头更坚硬的骨头，已经是越来越少了

3

在一个人的脸上雕琢笑容，需要费尽心机

阿谀奉承能催生怒放心花，但不论多么灿烂

都会随着时光的流逝，慢慢凋零

心思会过时，意念会过气，人心叵测

雕琢一块石头比雕琢一个人，容易多了

有时候要改变一种人

数千年白费工夫，不论世界

花费多么高昂的代价。一个明白人

只需一个眼神一种契机，就不由自主地把双手

伸向那盘自己从来就排斥的棋局

微笑面对复杂的布局和结局未知的劫子

不论手执白子或黑子，都显得那样的矜持而执着

连自己都觉得莫名其妙

像旭日被东方的山峦，缓慢地抬升

无须预约和付费，光芒四射

腾冲是被火山和地震改变的

印澳板块与欧亚大陆板块，从数亿万年前

开始在此摩擦不断，迄今为止

都还没有要收手的迹象。有些摩擦

能给人类带来奇观

如高耸入云的珠穆朗玛峰，仍在长高

亦如腾冲热气哄哄的地热和热浪滚滚的温泉

大滚锅的水，从未停止沸腾

无须生火添柴，不必添油加醋

有些摩擦，常常会给自己和别人

带来不堪的苦痛，如人与人之间的情感

国与国之间的冲突

有些伤害，是自我粉碎

冷却后只会造成相互之间的隔阂

落得在岁月的破碎的记忆里独自幽怨

有些伤害，是福泽天下

岁月在腾冲留下九个火山口，从这些苦难的伤口里

喷发出肥沃的火山灰，养育着

这片黑色的大地，以及在此生生不息的信念

4

有时候石头也十分委屈，明明是守护

不知不觉间，就演变成杀戮

明朝修建的石头城

——那些坚固而忠诚的卫士

让中国远征军和美军飞机吃尽了苦头

那些舍身赴死的侠士豪杰

许多已长眠于叠水河畔的圆锥形小团坡上

国殇墓园的记忆力甚好，牢记着那场战争的惨烈

光复的石头城，只剩下残垣断壁

找不出没有两个以上弹孔的树叶，石头城墙

被盟军的航空炸弹碾压得灰飞烟灭

9187 名顶天立地的英雄豪杰

他们的身躯已化作站得笔直的黑色石碑

同样的沉默和信念，坚不可摧

现今的腾冲，早已不见了过去的伤痛

而那份坚毅的血气，一定会在漫长的时光中

固化成一颗颗璀璨的石头

——可以散发出耀眼光芒的民族宝石

当年用石头砌筑的大英领事馆，固若金汤

日寇凭此收割生命，多年以后

我默默地站立在弹痕累累的石墙前

那些敦厚忠实的石头，仍旧坚守在各自的位置上

没有谁闹过要退下来的情绪

依然铁骨铮铮，但当我提起当年的那场血火相拼

它们仿佛已经泪流满面

5

双脚踩着黑色的石头路，我能聆听到

它们均衡的呼吸声，那么平缓，那么富有节奏感

没有过多的奢求，因而坦然

腾冲没有春夏秋冬，只有雨季和旱季

热不用开空调，冷不必送暖气

但播种和收获的节奏，无须大自然的任何信息
春播秋收，已铭刻在人们的心中

人们忙于生计，那些无须雕琢的面孔
显得那么自然、自信、自强
他们从不因为上苍的喜怒哀乐而改变自己的言行
身披日月星辰，即便身子被岁月压得
直不起来，他们最多是自叹一口气，从不怨天尤人
继续在旷野、田地、茶园辛勤劳作
就像远处郁郁葱葱的云峰山一样沉默寡言

说过的话，就必须信守诺言
云峰山是有记忆的
腾冲人信守承诺，给天地之神许下一炷香的承诺
必须及时兑现，即便要披荆斩棘——
最陡峭难行的路，往往在最后
需要躬身攀岩，风光常在汗水漫过之后
一条红丝带打成死结，把一个许诺
锁定在一座山的顶峰，像是留给岁月的铿锵誓言

人生就如同登山，春风化雨时节
绿树、野草、山花、鸟语，还有微风

都可以构筑一道风景

陡峭险峻的高山峡谷，易于产生分歧

因而形成大自然的分水岭

面对隘口、悬崖、峭壁、巨浪等险恶

经过简易锻打而成的护栏

——那些普通的石头

不顾自身安危，总是冲在危险的最前面

6

玉石、宝石、钻石固然耀眼和高贵

而我最敬畏的，是那些质朴无华的石头

面黑、皮粗、脾气硬

被埋入泥土可以成为基石，能支撑起一座大厦

即便是站到了房梁檐角雕琢成龙凤

都沉着冷静，衣着朴素，绝不光鲜亮丽

这些石头其貌不扬、朴实无华

筑成堤坝，是护卫

砌进城墙，是忠诚

架于水上，是渡人

铺在路上，是甘做他人的垫脚石

哪怕是雕琢成和顺古镇的贞节牌坊，高高耸立
那也是在成全她们的芳名
自己落得被风霜雨雪数落，已显得灰头土脸

对于石头来说，埋没或提携
分文不值与价值连城
它们都殊无二致，不会徒生卑贱或荣耀
即便是化身尊贵的公狮、母象、麒麟、貔貅
那都是在捍卫他人的财富和尊贵

火山喷发过后，大地唯一能剩下的
只有熔岩，冷却之后叫石头
人们常说，冰冷的石头
其实不然，石头是有灵性的
你冰它就冷，你暖它就热
你不妨摸摸自己胸口的翡翠，就知道
不是你给它温暖，而是你从它那里索取慰藉

7

九十万年前，来凤火山最后一次喷发
熔岩冷却后，凝固成巨大的石块

腾冲城就坐落于这块巨大的石头之上

石头不论大小，都是大地阵痛后分娩的子民

它们才是大地的土著，腾冲城的

街头、广场、牌坊、雕塑、护栏、阶梯、人行道

火山石的身影无处不在

它们兢兢业业，从不畏惧日晒雨淋

即便被泼了脏水，仿佛这片土地上的人民

依然不改内心的纯洁和善良

我最敬仰的是黑色的、布满细密小孔

铺在地上让人踩踏的石头

不因卑微而自暴自弃，从不嫌弃

位置的大小高低，放在哪里都无怨无悔

既不攀附富贵，又不嫌弃贫穷

既不装腔作势，更不恃强凌弱

雨天吸水、晴天吸热，忍辱负重

谁都可以踩着它们的肩膀，去追逐自己的梦想

这种石头随处可见，没人去追溯源头

就像街上的行人，没人去考究

他们来自哪家哪户，喝哪口井水长大

一方水土养一方人

他们褐黑的肤色，仿佛与这些敦实的石头
同源同宗

2021 年 4 月 18 日至 22 日于云南腾冲

上海谣

1

如果上海有灵魂的话，那一定是长江

灵魂不会因时光的流逝而消亡

它会贯穿一个城市的始终，亘古不变

即便城市不经意间失落，灵魂不灭

只需春风驾驭粼粼波光，就会在某个吉日良辰

城市将重新焕发生机。阳光下万物复苏

春笋破土之时，黄浦江拍击两岸的阵阵涛声

如铿锵的晨钟暮鼓，唤醒春意盎然

2

长江拥有青藏高原唐古拉山脉格拉丹冬雪峰

纯粹的基因，饮长江水长大的上海人

血管里必然流淌着长江的百折不挠，他们的骨子里

横亘着唐古拉山脉的 DNA——

俊美而孤傲。自古至今有之，贯穿始终

3

大约一万年前，一股席卷蓝色星球的暖流

把一片隐士般的滩涂，从太平洋中

请出水面。松江下游的渔民

采用绳编结的一排竹栅，插在纵横交错的河道中

拦捕鱼蟹，当地人把这种捕鱼工具称为"沪"

当商汤周文在中原大地上逐鹿厮杀时

这里的人民生活在近海的沙洲

或者湖泽中地势相对高爽的土墩之上——

或耕，或渔，住芦苇盖成的茅屋

日出而作，日落而息

原始而封闭，自在悠然，仿佛世外桃源

4

上海是幸运的，长江把跋涉数千公里

所得所失所悟，都赋予了上海

不疾不徐，耐心地把这片土地塑造得地肥水美

生活在这里的人们是幸福的，传承了

长江的坚韧不拔、志存高远、优雅知性

与这个城市朝夕相伴、风雨同舟、休戚与共

5

"上海"首次出现在人们视野，宛如蜻蜓点水

南宋时设立上海镇。北方硝烟弥漫

上流士族散播江南，避难者皆未还中土

吴郡、吴兴、会稽渐渐兴盛

人们为了生存，开始向大自然索取土地

——开垦田地，筑堤障水，蓄水灌溉

湖泽密布的长江出海口，升华为阡陌桑田

人口逐渐密集，庄园悄然密布

陆氏家族的东吴名将陆逊、大书法家陆机

成为当时上海古庄园的首席代言人

元朝因势在此设立上海县和松江府

一个国际大都市的雏形，喝着长江水，渐渐长大

6

元朝初年，一个流落崖州的上海老阿姨

回到了家乡，这位名叫黄道婆的女人

出身于松江府乌泥泾镇贫苦人家，常年栖身于道观

从黎族同胞手里学得纺织棉布的技术

并发明了三锭脚踏纺车，使得松江府

一跃成为棉纺织中心，"松江棉布"

是享誉当时的上海制造品牌，成就一方财富洪流

"人既受教，竞相作为，转货他郡，家既就殷"

7

静安寺，在沪渎*，始于三国

至元时，蔚成巨刹

它安安静静地守护着黄浦江，守护成长中的上海

＊沪渎，古水名，位于今黄浦江下游。

静安区的静安寺，雕琢的痕迹过于清晰

修饰过的废圮，隐喻着难言的苦痛

那些清新的瘢痕，过于招摇

与周遭事物总是显得有些突兀，有些格格不入

焚毁与革新，不可居于同一屋檐下

忘却过往，预示着未来将变得恫恍迷离

上海成长的痛，风清楚，云有记载

8

旧时的上海人习惯把河流的上游叫作"里"

下游唤作"外"，清朝末年的外滩

还是一片芦苇威武的滩涂，江宽水急

逆水而行的船须拉纤行走，纤夫的号子和足迹

在外滩踩出一条蜿蜒曲折的小道

西边阡陌沟渠之间散布着星星点点的茅舍

划为英法租界后，野性渐渐收敛

英式、法式、意大利式、西班牙式的建筑

开始抢占发言权。沿黄浦江一线

相继诞生了沙逊、仁记、宝成、旗昌和天长等洋行

"十里洋场"从此在黄浦江畔开启序章

9

上海地名的出现，能追溯至七百五十年以前

上海传奇的诞生，却仅仅经历了一百七十年的岁月

鸦片战争强行打开了东方大国国门

广州、福州、厦门、宁波、上海被迫开放通商

外接东海、内连长江的上海

迅速得到了西方列强的青睐，英、法、美

相继在此划定势力范围。租界的诞生

是耻辱的，却点燃了现代化的火种

中国的第一盏电灯，第一条自来水管道

保险、银行、商行、饭店、政府公署、俱乐部

一应俱全，"十里洋场"盛况空前

租界外的世界混乱动荡，租界内却依然繁花似锦

跑马场的马照跑，百乐门的舞照跳

内外两个迥异的时空，在同一座城市里撕扯交错

即便过去一百多年，每当夜幕降临、灯光亮起

这里依然闪烁着一个时代的光辉

10

1874 年，黄包车从日本输入上海

1908 年，美商环球供应公司百货商场

购置了五辆汽车，为顾客提供汽车租赁服务

1908 年，上海的第一条有轨电车

由英籍犹太地产商建成通车，洗脚上田的上海

开始搭乘现代交通工具，驶入文明社会

南京路仿佛从睡梦中惊醒，目睹

先施、永安、新新、大新四大百货公司

在这条五公里长的街道上悉数问世

它们的创始人，是四名乘着时代浪潮而来的广东人

这条街道、这座城市、这些中国人

彻底改变了中国的商业文化，上海一夜成为

远东第一大城市，继伦敦和纽约之后的

当时全球第三大金融中心

也是当时"全球四大名都"之一，堪称"东方巴黎"

11

上海的开埠，按下了中国近代城市的开启键

市场开放、西式城建引入

外资投入集中、民族工业崛起、金融中心成型

移民蜂拥而至、生产消费与西方同步

上海迈进国际化大都会的序列，创造无数项的中国

　第一：

第一家消防机构、第一家煤气公司

第一家邮政机构、第一个电信局

第一家自来水公司、第一座污水处理厂

第一个室内菜市场、第一条铁路

第一辆汽车、第一辆电车……

上海尝过了鲜，才端上其他地方的餐桌

上海不仅是中国的上海，还成为世界的上海

12

长江把亿万年的积蓄全部馈赠给上海

使这片土地得天独厚，"赢取"了列强的觊觎

他们在这里播撒野性，也播种物质文明

在这里寻欢作乐，也创造财富

在这里巧取豪夺，也惊醒了一个沉睡的民族

上海心不甘情不愿地成为当时中国的

一个对外开放的窗口、一块与现代文明接轨的试验田

13

当时中国没见过的世面，上海见过

与一百多个国家的三百多个港口

开展贸易往来。外滩成为大上海繁华的脸面

旗袍外加西式大衣是上海女子的摩登

霞飞路咖啡馆、大光明电影院

百乐门大饭店舞厅是摩登男女约会的去处

《生活周刊》《良友》《玲珑》和《申报》

是中产市民的谈资，中西并存的都市文明

令"上海"成为时尚代名词，有人对此迷恋至今

14

洋场里外不同天，人间三月

有人在雨中浪漫，亦有人在倒春寒里惆怅

华界与租界，有着天壤之别

一边艰难困苦九死一生，一边醉生梦死挥金如土

里边阳光灿烂，外面风雨凄凄

外滩一块挂着"华人与狗不得入内"的牌子

至今都令人如鲠在喉，在那年那月

被饥饿撑大的贫穷，仿佛脑后拖着的长辫子

跟在中国人的身后，怎么甩也甩不掉

15

贫穷不仅要挨饿，还要挨打

日寇在积贫积弱的神州大地烧杀抢掠

如入无人之境，谢晋元率领的八百壮士

就是不让强盗们前进一步

在四行仓库，与日本王牌军第三师团

鏖战了四昼夜，打退敌人十多次疯狂进攻

沉重打击了侵略者的嚣张气焰

重新振奋了中国军民的低落士气，侵华日军

三个月灭亡中国的言论，在上海滩

迎来最猛烈的狙击，上海无愧于一座英雄城市

拥有超凡的魄力、骨气、情怀和力量

16

光阴荏苒，三十多个春秋无情走过

80 年代的神州大地，春风化雨，生机勃发

有 80 后的童年，70 后的青春期，60 后的花烛夜

40 后、50 后的苦苦支撑

没有铺天盖地的雾霾，扶不扶摔倒老人

还不是个问题，大多数人的生活都很清苦

在那个物资匮乏的时代，一个小孩子

如果得到一颗上海大白兔奶糖，会高兴得找不着北

新婚夫妇有"上海"牌手表，"飞人"牌缝纫机

会成为邻里之间的谈资，若接新娘的车

是"凤凰"牌自行车，就相当于现在开着敞篷跑车了

上海以独特的魅力，支撑起人们的喜怒哀乐

17

苏州河和黄浦江，一横一纵穿城而过

平均海拔仅有 4 米，地势坦荡如砥

常有云雾雨雪交相掩映，显得模糊而迷离

云、雾、雨、雪、霾，如同大上海风格各异的面纱

灯火通明的写字楼，坐满着奋斗的人们

他们来自大江南北长城内外，这些上海的铁杆粉丝

与上海的心律一样，保持着高速运转

快节奏的上海，以五千五百多家咖啡店领跑全国

人们在咖啡店里闲坐、聊天、上网、看书

丰满了上海的视角，增添了些许别样的异域情调

城市越开放，经济实力越强

越能为时尚赋能。西化的时尚引领在前

本土的时尚创新在后，形成相得益彰的时尚进化

18

黑漆厚木的门扇，砖石雕琢的门框

积着油垢的厨房后窗，地上的水

漂着鱼鳞片和老菜叶，屋子里满是灶间的油烟气

不远处的后弄，飞着夕阳里的一些尘埃

不同的社会地位、不同的价值取向

在石窟门里杂糅、混合，在今天

依然是上海鲜明的符号，一条条一排排的里巷

有烟火和人气，无比日常

还有人世间的情理，琐琐碎碎
却又能聚沙成塔，是建筑史上难以复制的传奇
是上海的标志，也是上海骨子里的底色

左边是正在洗衣服、洗菜的主妇
右边的房子里，已经有红烧肉的气味弥漫开来
洗好的被褥，晾好后散发着阵阵香气
晚饭过后，坐在门口竹椅上吃着瓜果的一家老小
在家门口望着巷口丈夫归家身影的女子
一个个熟悉、真切的生活场景和日常味道

墙外市井，墙内静谧，相映成趣
天井、客堂、厢房、灶间、晒台、嬉戏追逐的孩童
石库门是大上海离不开的油盐酱醋茶
是日常生活之中的安心之处，遵循着市井文化
每个人都恰到好处地把握着适当的分寸感

19

生活在上海的人学会了精明、精致、精神
商业精神所崇尚的，即便蝇头小利
也必须牢牢把握，聚沙成塔，聚水成河

不积蓄小财如何成就大富？
精打细算本是无可厚非，我们通常谴责
花钱如流水，铺张浪费的行为
勤俭持家，难道不应该予以提倡和鼓励

商业经营活动非常频繁，竞争激烈
铁打的店铺，流水的老板
一旦被市场打败，就会被无情淘汰
老板唯一的选择是关掉店铺，卷起铺盖悻悻离去
没过几天店铺转手，新来的老板
对店铺重新装潢，改头换面，再次对外营业

于是，大上海的人被环境塑造得
极其传统、极其世俗、极其自我
却又极其前卫、极其精致、极其包容

20

1991 年，我仰慕大上海出品的羊毛衫
第三百货公司的售货员阿姨，瞪了一眼面前
这个深圳来的愣头青乡巴佬，厉声道：
"试什么试？买就买，不买就走开！"

2021 年的冬天，上海酒店的服务员赔着笑脸

接待每一位外地来宾，顾客是上帝

自大未必真强大，大胸怀才是大上海该有的标配

外滩依然是热闹非凡，处处流光溢彩

有些浑浊的河水保持着应有的矜持

黄种人中夹杂着少许白种人、黑种人

在晚风中谈笑风生、眉飞色舞、兴致盎然

一个在街角处垃圾桶里翻找矿泉水瓶的老阿姨

仿佛怕扫了七彩灯光的兴，尽量把身子压低于暗处

轮船、汽车、摩托车、自行车各行其道

上海的大肚量，让这一切显得平和和谐，自然而然

21

上海之大，不在地域辽阔，不在资源丰沛

也不在人口，大在视野、格局、气度

“海纳百川、追求卓越、开明睿智、大气谦和”

这个以“海”命名的城市，不仅靠海

有海一样辽阔的胸怀，始终立足大局，着眼大势

不断向外服务、辐射、影响、输出、吸取

还兼收并蓄、接纳包容，成就一块生机勃勃的土壤

城市的胸怀，是面向每一个个体的

大格局的上海，一定是人情味浓郁的地方

一定有强大的人文关怀，有畅通的价值实现通道

大上海的大，大在每一个市民内心的强大

22

在职场打拼的上海男人，喝咖啡打领带

用英语打越洋电话，下班后就匆匆忙忙往家里赶

提着菜篮子去市场买菜，精明地讨价还价

去学校接送小孩，回家包灌汤小笼包

洗碗拖地晾晒被子，里里外外都是一把好手

他们以小男人的方式，在老婆孩子心目中

树立起男子汉大丈夫的伟岸，为大上海增光添彩

23

在外滩和平饭店八楼临窗的一张餐桌上

昔日同窗系着雪白的餐巾，慢条斯理地处理着

餐盘中的大闸蟹，说话压低分贝

偶尔抿一口高脚杯中的红酒，动作轻微而优雅

剔完蟹肉的大闸蟹壳，还可以整只还原
大上海的人对待生活从不混沌含糊，细枝末节处
都要显现出仪式感，彰显出对待生活的态度

24

一方水土养一方人。什么样的人
培育什么样的城，精神精明精致的上海人
构筑起精美精彩经典的街巷、高楼和人文气息
弥漫开来的上海味道，左右着人的味蕾
上海就会成为向往，成为目标，成为方向

25

当改革开放的春风吹拂大地，万物复苏
人们感受了"三天建成一层楼"的深圳速度
后来的"上海速度"更是令人震撼
建设杨浦大桥，上海人只用了两年时间
第一座大跨度预应力混凝土连续梁桥奉浦大桥
只用了十九个月就建成通车
当时排名世界第三的金茂大厦，仅用了
三年时间就宣告竣工。以632米高度

获得中国最高摩天大楼称号的上海中心大厦

只花了八年时间，这不断突破的

不是陆家嘴的天际线，而是上海不断发育的自我

不断增高的目光，要知道

1934 年号称东亚第一高楼的上海国际饭店，身高仅

   83 米

陆家嘴的每一栋摩天大楼，都是一条

垂直的金融街，1990 年开发与外滩隔江相望的浦东

之后的浦东一年比一年"高一点"

摩天大楼是美国的发明、亚洲的竞赛

中国的时尚、上海的心气

她追赶着先行的摩天都市香港、深圳、广州

自从中国的大楼学会了竞争比赛

冠军都诞生在上海，原本一片滩涂的浦东

不断刷新大都会的天际线，成为摩天大楼竞技场

26

公交、出租、地铁、飞机、火车、轮渡

以及当今中国的首条磁悬浮，上海

拥有了与人民亲密交流的工具，与世界

真诚对话的平台，这是大上海的底气和自信所在

老上海传统古朴，新上海时尚前卫
站在 468 米高的"东方明珠"塔顶
宽阔的黄浦江仿佛突然变窄，可以一跃而过
而现代文明跨过黄浦江，从外滩到陆家嘴
却用了一百多年，在"未来上海"展厅
一幅美丽蓝图业已绘就，但要落地生根开花结果
需要得到人民的认可、呵护、奋斗和奉献

人民安居乐业、衣食无忧，大上海的未来
自然充满着光明和希望，人心所向
土地并不生长财富，传奇需要心血去浇灌

2021 年 11 月 27 日至 29 日于上海

呼伦贝尔

1

呼伦贝尔属于英雄，属于奔驰的骏马

属于高高扬起的马鞭，属于伸向前方的套马杆

属于奔跑的兔狲、狐狸、貂熊、草原狼

属于悠然自得的牛和羊，属于不论骏马跑得多快

总也追赶不上的小草，小草的前面还是小草

属于远处移动的树林和山丘

属于流动的白云、蓝天

属于空中翱翔的雄鹰、草原雕，属于日月星辰

在自己的家园，它们无不显现出英雄本色

懦弱者，是爬不上马背的

即便是被扶上马鞍，也经不起颠簸和摔打

弱不禁风的骨头，柔软无力

跌倒在地，在呼伦贝尔砸不出一个土坑

呼伦贝尔不会让一个怕疼的人

哭喊出声来，呼伦贝尔大草原拒绝眼泪和呻吟

懦弱者，想向呼伦贝尔索要一个痛苦的借口

小草们摇摇头，坚决不予答应

2

呼伦贝尔属于英雄的小草，它们以自己的渺小

去撑起呼伦贝尔的无垠和辽阔

以自己的纤弱，去旁证呼伦贝尔的博大

以自己的青翠，去丰满呼伦贝尔的美丽与富饶

即便是枯萎，也要在呼伦贝尔铺上金色地毯

它们扎入泥土的根，是地球上

最强大、最敏感的神经末梢

它们仿佛弱不禁风，会跟随风

左右摇摆，可它们决不让风搬走泥土和水分

它们坚守和捍卫大草原，拒绝妥协

它们操持着马牛羊全家的温饱

从不计较足蹄的践踏，它们默默地承载着

风沙的数落，岁月的寒凉

不论严冬酷暑，还是星空寂寥

它们匍匐在地，活得卑微

却成全了呼伦贝尔大草原的生机勃勃和秀丽壮观

人们记不住小草，记住了呼伦贝尔

3

在小草的家乡，呼伦贝尔大草原

落叶松、獐子松、白桦、黑桦、山杨、蒙古柞

成片成林，宏伟壮观

往往令人过目不忘，常常遗忘弱小的

碱草、针茅、冰草、紫花苜蓿

这些杰出的草根代表，在阳光下高昂起头颅

绽放灿烂笑脸，无法耸立如大树

就像人们记不住草根诗人李立，却怎么也忘不掉成吉
　　思汗

东胡、匈奴、鲜卑、室韦、回纥、突厥、契丹、女真

都曾逐呼伦湖和贝尔湖的水草而居

他们都是那些扎入呼伦贝尔的根，绽放出来的奇葩

在呼伦贝尔大草原呼风唤雨，生生不息

苍狼和白鹿，奉上天之命降生到大草原
成为成吉思汗的祖先，传说中
在额尔古纳源头、不儿罕山繁衍生息
静静的额尔古纳河，成为蒙古人的发祥地
一个马背上的王朝，喝着草原的乳汁
渐渐长大，小草以自己的柔软
喂养出蒙古人的强健、剽悍、勇猛，叱咤风云

呼伦贝尔大草原不属于成吉思汗
只属于蓝天、小草、骏马、雄心、奔腾、咆哮

4

呼伦贝尔大草原的小草，鲜嫩、易折易断
看似赢弱，实则坚韧顽强
不论多么强硬和沉重的脚印，抑或是勒勒车轮
都可以把它打趴一时，但不可打趴它们一世
它们可以流清香的汁，但决不流泪
它们不在乎一时的跌倒，不在乎风雨的奚落
就是把它们深深地摁进泥土里

只需一个夜晚，它们将统统重新挺直腰杆

蛮横、跋扈的野火，气焰嚣张

总是企图把小草一扫而光，斩草除根

它们以为把泥土烧黑烧硬，把石头烧成灰

就可以让小草永世不得翻身

但黑色尚未褪尽，小草就从灰烬中

探出头来，仿佛一面面鲜活的胜利旗帜

斗志昂扬地飘荡在旷野，那是顽强的生命奇迹

小草以其小，成就了呼伦贝尔大草原的辽阔无垠

5

在呼伦贝尔，不可能有一棵小草

独自把手伸向蓝天，索取本不属于自己的那份荣耀

它们不分彼此地活着，或死去

一起冒芽、一起呼吸、一起青葱、一起枯萎

它们步调一致，荣辱与共

从不轻易落下一棵，让其孤独地承受炎凉世态

它们擅长活得青葱，活出自我，千姿百态

它们绝对遵从大自然的号角

从不违背自己的意愿，去顶风冒雪地出尽风头

呼伦贝尔的每一棵小草，平凡得分不出彼此
它们在呼伦贝尔稀疏地排列，不失优雅
它们在呼伦贝尔拥挤在一起，构成一道绝佳风景
在洼地里，它们从来不会垂头丧气
在山丘之巅，它们从来不会趾高气扬
何时何地，小草诚实地对待一石一木，主动让道
大树常常不屑于与小草打成一片
小草总是义无反顾地去填补大树留下来的空白

小草虽小，却纺织出浩瀚无垠的绿色希冀

6

石头往往以冷漠和坚硬著称，以冷峻示人
在呼伦贝尔大草原，很少见到小草
搬起石头砸自己的脚——
石头不会欺压小草，石头们从不以硬欺弱
而小草对石头总是充满崇敬

小草以自己的渺小，把大草原衬托得无边无际

这常常令人、马和牛羊，分不出东南西北

每到这种时候，石头们就义不容辞地挺身而出

它们相约聚集在一起，站在显眼的位置

——小土丘、山坡，组合成敖包

插上经幡、松柏、红柳、五彩花卉

有了它们的指引，呼伦贝尔就不会显得空虚

呼伦贝尔有了敖包，仿佛就有了高高隆起的主心骨

每年五月，绿草遍野，燕子北归

牧民们在敖包前摆设马奶酒、奶酪、糕点、羊

向敖包焚香，敬酒，献哈达，唱祭歌

祈求风调雨顺、五畜兴旺、无灾无病、万事吉利

敖包、小草、树木、河流、山丘、马牛羊

都是呼伦贝尔大草原的主人，是草原人的图腾

7

呼伦贝尔辽阔、深邃、激情、奔放

呼伦贝尔拥有万丈豪情，大口吃肉大碗喝酒

呼伦湖和贝尔湖，是大草原

高举于头顶的两只酒碗，盛满主人的

豪气、坦率、真诚、祈祷、祝福

有客人远道而来，就要献上哈达豪饮一碗

呼伦贝尔心胸宽广、乐观开朗、能歌善舞

一把马头琴，就能生动地表达出

辽阔的草原、呼啸的狂风、悲伤的心情

欢乐的牧歌、奔腾的马蹄声

呼伦贝尔大草原在狩猎和游牧中，虔诚地

附和着瀑布、高山、森林、动物的声音

仿佛河汉分流，瀑布飞泻，山鸣谷应，动人心弦

这是呼伦贝尔在与大自然进行心灵的沟通

——呼伦贝尔独创的呼麦艺术，高如登苍穹之巅

低如潜瀚海之底，宽如于大地之边

这是灵魂与灵魂碰撞出来的火花

仿佛蓝天的星辰，闪烁着智慧之光

呼伦贝尔人杰地灵，是源于大草原的言传身教

8

把马笼头、马嚼子、马绊套上呼伦贝尔强健的体魄

提着用白桦木制成的套马杆，挥舞马鞭

就可以驾风驭雨、追日逐月，在大草原上策马奔腾

套马杆的长度不论是 5 米的，还是 9 米的
都是被湿牛粪捂住教化过，得到了呼伦贝尔的真传
身段变得柔韧有力，富有弹性
呼伦贝尔用来套未经驯服的野性，套过野马，套过狼
套过狂野北风和皑皑白雪，套过时光岁月
套过北方凶残的北极熊，套过远道而来的东洋大盗
让那些觊觎大草原之美的邪恶目光
垂涎三尺，欲罢不能，却又只能望呼伦贝尔而兴叹

套着太阳，不让阳光擅自远离
有温度的大草原，小草就更容易茁壮成长
呼伦贝尔大爱无疆，能养育牛羊马
也能消化狂妄、无知、自大、野蛮和恐吓
呼伦贝尔以静制动，任凭潮涨潮落
依然屹立于北国大地、岿然不动、稳如泰山

9

草原人的心胸像小草一样开阔和宽广
拥有顽强的生命力，风吹霜打都无所畏惧

在呼伦贝尔大草原支起一片绿叶、一顶蒙古包
就支起了一个家、一方天地、一段神话
把生活过得和睦温馨、活色生香

他们粗犷豪放的嗓音，仿佛夏天的河水
欢快洪亮，穿越了呼伦贝尔的胸膛
流向遥远的地方，能温润那些荒凉寂寥的心坎
他们喝烈性的马奶酒，骑未驯服的野马
搭着呼伦贝尔大草原的肩膀，与岁月摔跤

他们的根，扎得比小草的根还要深邃
汲取了呼伦贝尔的精髓和真谛
任何天灾人祸、艰难困苦都击不倒
他们对呼伦贝尔深沉的爱，像小草一样沉默寡言
一样无私、一样生机勃勃、一样恣意汪洋

10

我曾经像一只小蚂蚱，游荡在呼伦贝尔
青草和鲜花的海洋，流连忘返
我张开双臂，想紧紧地搂住所有的青春与花朵
像搂住我爱的人，亲吻和呢喃

让呼伦贝尔习惯和接受我粗野且张狂的气息

优雅漫步的牛羊和奔驰的骏马

这些经典的场景，反复在我的梦中出现

呼伦贝尔的盛夏，竟然美得惊艳，让人如痴如醉

多年以后的深秋，当我走出仲夏

走进金色的呼伦贝尔大草原，它的安静与辽阔

白雪和虚无，仿佛都是在等待着我的到来

无须任何修饰和抒情，大草原认出了我

接纳了我，像母亲拥抱一个在外流浪多年的孩子

躺在呼伦贝尔的怀抱里，心中再无半点波澜

曾经张牙舞爪的虫儿们，一个个变得成熟稳重

它们不再迷恋七彩衣裳，穿着朴实无华

凭我千呼万唤，始终保持着矜持

它们已蛰伏在我的心坎，不再躁动不安

当小鸟敢于把自己千辛万苦搭建在树梢上的家

赤裸裸地暴露在光天化日之下

呼伦贝尔显然是成熟了，曾经刻意隐藏的构想

此刻已在天涯闯荡，呼伦贝尔开始构筑崭新的未来

小草安静的时候，呼伦贝尔就变得平和与宁静

唯有小草，方能刻画出呼伦贝尔的内心世界

11

呼伦贝尔大草原属于生命力顽强的小草
小草不会死亡，小草以金色的枯萎
给自己书写了一份朴实无华的年度总结
让马牛羊们去阅读、去咀嚼、去反刍、去消化
用以度过冬季的空虚、贫瘠和漫漫长夜

一生追求只为做一棵安静的小草
冒芽、呼吸、倒伏、站立、枯萎、循环往复
小草重复着世世代代平淡无奇的生活
春天的雪还未走远，就静悄悄地探出头来
夏日里只为填饱那些永不知足的大胃
金色秋天刚到，就急不可待地把自己的一切
上交给呼伦贝尔。在冬季的皑皑白雪之下
已在为来年的春暖花开构思着呼伦贝尔的未来

呼伦贝尔未必真正了解每一棵小草
而小草活着或者死去，却只为呼伦贝尔
要绿就绿意盎然，要黄就黄金灿烂

想汹涌就碧波连天，想恬静就虚空坦然

智者不惑，小草有自知之明

知道自己渺小、单薄、卑微、脆弱

自己的力量，源自千千万万棵小草紧密团结

12

小草虽小，却有大情怀、大格局、大境界

每一棵小草——

心中都装着一个呼伦贝尔

2021 年 10 月 12 日至 27 日于内蒙古呼伦贝尔、

黑龙江漠河

东北大平原

1

站在高处，目光深远，雪胸怀丘壑

唯有东北大平原，才有接受其纷纷扬扬的胸怀

腾空天南地北，任其挥挥洒洒、肆意张扬

成就其浩荡、辽阔、恢宏、壮观

长白山、凤凰山、六鼎山、威虎山、桓仁五女山

一概褪去五彩缤纷的衣裳，换上银装素裹

嫩江、松花江、乌苏里江、图们江、鸭绿江、辽河

同时停下脚步，收敛起各自的大嗓门

兴凯湖、连环泡、查干湖、青肯泡、镜泊湖

统统退避三舍，让出自己碧波荡漾的舞台

2

雨来收雨，雪来纳雪，惊雷像点着一挂鞭炮

再大的暴风，来到这里也会迷失方向

东北大平原有一副好脾气，更有一望无际的好视野

和宰相肚里能撑船的雅量，不论雪的步子

迈得多紧多急，哪怕有些狂野

从来都不会介怀，更不会拒雪于千里之外

东北大平原足够宽敞，雪蜂拥而至从不混乱

从来没有发生雪与雪之间的踩踏，还没有听说过

因为雪崩，有一片雪在东北大平原受到伤害

3

哪怕单调，东北大平原都要清空万紫千红

哪怕沉静，东北大平原都要收藏起所有的喧哗热闹

雪有多大，就给多大的舞台

只有雪想不到的，没有东北大平原做不到的

东北大平原胸襟博大，让每一粒雪

尽情展现出自己的浩瀚无垠，去诠释团结就是力量

点点的白凝聚在一起，就能照亮星空半边

4

雪要离开的时候，东北大平原高瞻远瞩

千方百计地予以挽留，湖泊、泡子、沼泽、池塘

能留住多少就留住多少，坦诚和煦

红松、赤松、云杉、冷杉、落叶松、獐子松

一致派出所有的黄叶，连同蛰伏了一冬的

苏丹、高丹、黑麦、芦苇、百绿菊苣、紫花苜蓿

竭尽所能地挽留住雪，甚至

不惜以自我腐朽为代价。它们成全了雪

——没有枉来一遭，不因化作水白白流失而懊悔

成全了自己，共同成就了东北大平原肥沃的黑土壤

5

白雪与时间牵手黄叶枯枝，一年一度持续加持

大平原变得越发结实、宽厚、凝重、沃腴

那黑油油的质地，拥有难以抗拒的诱惑

有根的会毫不犹豫地往下扎，并打消搬家的念想

每一棵小草，都要在有限的时间活得绿意盎然

有脚的一旦踏进来，就不愿离开

东北大平原海阔天空，只要努力就一定能收获回报

有翅膀的不停地向下俯冲，每一个飞吻

东北大平原给予的奖赏，能令它们飞得更高更远

6

"插双筷子也发芽？"东北人说话就是豪爽

黑土地肥得流油不假，大雪撤离时

在旷野随手插一截柳枝，十天半月必定绽放新芽

有些不用栽插，亦无须翻地播种，譬如：

海棠、紫葳、碧桃、珍珠梅、金叶榆、紫叶李、龙

　爪枣

在不起眼的土疙瘩里，冷不丁地突然探出头来

该发芽发芽，该开花开花，该结果结果

无须考究它们何时自何地而来，日子过得逍遥自在

想枯萎的时候，用一捧白雪就把自个儿给埋了

命运完全捏在自己手上，眼中哪里还有四季的存在

7

以前，东北大平原荆莽丛生，沼泽交错

东北虎、金钱豹、黄鼠狼、紫貂、狗熊、狍子、马鹿

各显神通，它们用粪便、尿液和气味

划定疆域、捍卫领地、经营生活，繁衍后代

金雕、黑鹳、大鸨、鸳鸯、大天鹅、丹顶鹤、黑脸
　　琵鹭

这些天外来客，不论是路过，还是长住

追逐打闹、嬉戏玩耍，自由自在

日子过得有滋有味，精心挑选比翼双飞的另一半

履行父母之天职，呵护大平原的未来

东北大平原地广物博，富足慷慨，它们淡定从容

演绎着夫唱妇随、优胜劣汰、生生不息

8

最先踏上这块土地的先祖，适者生存

挹娄人、夫余人、高句丽人、汉人、鲜卑人、勿吉人
　　和靺鞨人

或逐水草而牧，或"楛矢石砮"狩猎，或下水捕鱼

东北大平原毫不吝啬，任其予取予求

他们伐木筑屋、生火做饭、尊老爱幼、踏雪而歌

种五谷、养肥猪、造小舟、织麻纺纱

尤其是不拘泥于脚下，盘古开天，勇于探索

把目光投向大兴安岭以北，外兴安岭以北
从东北大平原射出去的脚印，穿过黑龙江，越过了海
　　参崴
在遥远而荒芜的冻土上，绽放人类启蒙的光芒

9

树木、山丘、河流，东北大平原都是有记忆力的
它们与蒙尘的文字一样，拒绝蛊惑与欺骗
坚持清醒和清白，只做客观呈现
黑土地里有祖先的汗水、辛酸、血泪、DNA
有祖先的沉默、哭泣、笑语、歌唱、呐喊、信仰
有祖先用钝的石器、射出去长满锈蚀的箭镞
有祖先佝偻的背影、弯曲的脚印
捧一捧黑土壤放在手心，就能嗅到祖先智慧的芬芳

10

有一个民族，把东北大平原当成自家后院
——封为禁地，千里沃野拱手让给风雪、让给荒芜
东北大平原自此变得冷清、荒凉、寂寥
成为野草的王国、雨水的道场，巨禽猛兽横行霸道

蚊虫登台唱戏，蝉嘶蛙鸣锣鼓喧天

尤其是，北边有个贪婪成性的外患，北极熊一样蛮横

远道而来、步步紧逼、烧杀抢掠、凶残暴虐

爱新觉罗氏才不得不拆除自筑的篱笆

这个发祥于马背上的民族，打开了山海关城门

水来土掩，用扁担锄头去教化蒙昧与荒芜

11

不论是拖儿带女闯关东的父母，还是后来

成群结队上山下乡的知识青年，都是在与命运决战

东北大平原并不关心谁是主动，谁是被动

亦不在乎是来自大江南北，抑或是长城内外

来到白山黑水，就是东北大平原的子民

就必须接受大自然的考验，就有责无旁贷的义务

让黑土地充满活力、生机、希冀

要唤醒沉睡的黑土地，首先需要唤醒血液中的坚强

把吃苦耐劳发挥到极致，漠视眼泪

自己感觉到了疼痛，才能唤起黑土地的知觉

要让脚板起血泡、手掌起老茧

当寂寞如野草一样疯长的时候，懂得坚决割舍

始终坚信，天空的星星和旷野中的萤火虫

是荒野小径上的指路明灯，在前方闪烁若隐若现

把双腿从思乡的泥沼中拔出，并认准

黑土地就是双腿的泊位，铁铲和锄头是丰收之锚

清醒过来的大平原，散发出泥土芬芳

必能长出庄稼，长出村庄，长出烟火人间

12

偏僻、蛮荒、寒冷、凶险，渺无人烟

除了大草甸子、大黑瞎子、大野猪、大灰狼

大平原的虚无和狂野，令人心慌、悚然

拓荒者即便把信念武装到牙齿，也常常被恐慌偷袭

在荒野走一回，脸和脖子被蚊子咬得胖出一圈

没有伙房，露天打灶

没有水井，就用泡子水过滤做饭

没有蔬菜，尝遍各种野菜

荠菜、曲麻、蒲公英、柳蒿芽、小根蒜、刺老芽、

　大耳朵毛

吃饭无蹲坐之地，就边走边狼吞虎咽

吃完了能吃的，老鼠肉都可以成为一盘美味佳肴

没有睡床，上山去伐来树木，搭个架子

上头住人，下头流水，呓语在梦中汨汨流淌

一顶帐篷支起的不仅仅是一个遮风挡雨的地方

是一个愿望，是一个承诺，是一方天空

是矗立于荒原上的一个问号，在寻求一份答卷

渴望温饱的是饥饿，理解苦难的是幸福

牵挂泪水的不一定是懦怯，向往收获的当数付出

东北大平原尊重的是毅力和坚持，是敢教日月换新天
　的胆识

把希望播种在北大荒，甚至把自己也播种在东北
　大平原

黑土壤里有金色青春，黑色河流里流淌着红色血液

13

给水出路，不要阻碍水追逐梦与远方

翻过身，透透气，让黑土壤大胆地去畅想未来

千里沃土岂可面对荒凉一败再败？

山林里树木茂密，偏僻幽静

飞禽走兽总能寻觅到谈情说爱的好地方

有了阳光雨露的提拔，农作物竞相发芽开花，茁壮
　成长

打破荒芜世袭的垄断，东北大平原才显得生机盎然

古老的土地，生长新的树木庄稼、新的希望
古老的河流，流淌古老的歌谣舞蹈、崭新的愿望

14

有一个古老的民族，世世代代生活在东北大平原
他们住尖圆顶的撮罗子、地窨子、"温特哈"、草窝棚
冬季乘狗拉雪橇、滑雪板、马爬犁
夏季划桦皮船、舢板船、独木舟、"快马子"*
他们崇尚自然、灵物、鬼神和祖先
认为万物都有神灵，如树神、山神、水神、火神、
　虎神、熊神、狼神、鹰神、闪电神
赫哲族人把过去嫁接到现代，传承善良与顽强

他们勤劳朴实、不畏强暴，为捍卫家园
敢与强敌决战，他们以长矛和弓箭驱逐沙俄强盗
让日本侵略者尝试过他们射出的怒箭与子弹

---

　　* 快马子，"桦皮船，丈余长，二尺宽，两头窄，容一人，快
如风"。

他们世世代代在黑龙江、松花江、乌苏里江以打鱼
　　为生

鲟鱼、鳇鱼、鲤鱼、白鱼、鲢鱼、草根鱼

是他们的美味佳肴，还能用鱼皮制作华丽衣裳

当江河两岸的稻子成熟，低下高傲的头颅

仿佛是在向从江河中穿行而过的赫哲族人致敬

是他们用清脆、高亢的歌声，陪伴着它们健康成长

15

大豆、小麦、玉米、水稻、甜菜、马铃薯

都是大平原的宠儿，在各自的季节里

发芽、抽薹、开花、灌浆、结果

山冈、堤坝、田埂、地头的那些土蝗、草地螟

都阻止不了它们茁壮成长、走向成熟的步伐

收割、摊晒、扬场、入囤、灌袋、装车

它们的归宿，大平原早已胸中有数

不论是远走高飞，去千里之外大城市的餐桌，还是

就地攻取一座粮仓的空虚，无不展现出

东北大平原赋予它们的默默付出、救济解乏的高风
　　亮节

16

当黄澄澄的玉米颗粒归仓，牲口的口粮

也早已准备妥当，东北大平原为大雪构筑的舞台

帷幕拉开，时间和空间都交给雪去构想

白茫茫中，袅袅炊烟在山旮旯里的屋顶舞蹈

杀年猪、包饺子、贴对联、做干粮

家家户户张灯结彩、欢声笑语、喜气洋洋

全家人围在炕桌上大碗喝酒、大口吃肉

男人们言语中气十足，女人们额头红润饱满

酒足饭饱，孩子们打爬犁、打雪仗、堆雪人、玩嘎

　　啦哈

大人们扭秧歌、踩高跷、看二人转

东北大平原这一刻的静谧，被白雪映照得分外温馨

雪落无痕，逝去的岁月无痕

新年的脚步声无痕，大雪在悄无声息中

弥合色彩的差异、时间的分歧、山川的裂痕

东北大平原以白雪，垫高了人间的纯洁

大雪纷飞，好大好大的雪啊，瑞雪兆丰年

2021 年 10 月 3 日至 28 日于黑龙江齐齐哈尔、
吉林延边、辽宁大连

大地

1

一粒尘埃落定，大地以一抔新土标注

是结束，也是开始

从此，牵手日落月升，静观风起云涌

与旷野、树林、土疙瘩、石头、野草、虫子、云雾

终日相伴、恪守分寸

春天有山花烂漫，夏天有知了啾鸣

秋天有风吹奏茅草的呼啸，冬天有白雪的娴雅

在大地怀里，数九寒天

温暖不折不扣，不再有饥饿和困乏的无助

要风得风，要雨得雨

大地给予子民无比的仁慈，甚至是溺爱

双轮人力板车的扶手，显得面容憔悴

从泾江水库工地拉回家来的人，衣不蔽体

肚子瘪了下去，仿佛被掏空的大地

塌陷处，深不见底

泪水掉下去，久久听不见回音

把他交还给大地的时候，囊中羞涩

树林已在土炉里燃成灰烬

没有棺木、寿衣、锣鼓、鞭炮、幡旗、冥币

甚至连号啕声都省略了

亲人们要省下一点力气，活着

去拓荒、扶犁、播种、挑肥、喊劳动号子

挨到花甲之年，能得到大地的疼爱

用黄土一层层地裹紧压实，终于成为大地的一部分

2

泾江水库的水，走了很远的山路

蜿蜒曲折，没有捷径

长途跋涉走进大角卜村时，已变得明显的消瘦

蹒跚中，脚步有些提不起劲

这个在中国地图上落不下户口的湘中村落

淳朴而安分，最显赫的部分

便是红土丘陵：后头山、对门岭、西阳山、岩老头

随意的山名仿佛少了些许分寸

不像给自己的儿孙起名，不仅严格遵从祖上辈分

更饱含期待：荣、华、富、贵、福、禄、寿

一代又一代人，都不能少了这些富贵字眼

如果说名字起得有些贪得无厌

那无异于抬举，山中小水沟里长不大的一尾小鱼

哪能溅起令大河回头的浪花？

瓦房上能定时升起一缕炊烟，必是殷实人家

耕者有其田，种子就有了盼头

起早贪黑的念头，总算是找到了归宿

风雨拆不散斗笠与蓑衣

改良后的稻穗，开始低下高昂的头颅的时候

有些屋顶的瓦片间氤氲出了久违的酒香

田里的浅水就产生了荡漾的冲动

大角卜村的夜色，被周遭的山岭挤压得过于浓稠

显现出淡然的安详与平和

一只萤火虫跌跌撞撞找不到回家的路

3

酒能驱寒，亦可浇愁

刚刚走出大地深处的人，一口米酒落肚

就像炉灶里放着烧得通红的煤球，暖意向四周扩散

那一口咽下去的，还有负重、责任、疲惫

通往大地深处的巷道，仿佛大地的肠道

斗车自大地的子宫鱼贯而出

把一车车乌金，交给喘着粗气、等待已久的火车

去喂养远方那些张着大口的炉膛

黑暗、狭窄、潮湿、轰鸣、恐惧、汗水

大地的腹语，只有风镐

才能依稀听懂，矿灯射出的光照不亮脚下路

要降服塌方、透水、瓦斯、厄运

不让它们惦记着巷道和掌子面

在远离人间的黑色世界，一群需要养家糊口的汉子

使出吃奶的力气，团结、默契、协作

开采钨丝的温度、钢铁的硬度

开采国家发展的规划、动力、速度和工业总产值

开采人间的温暖和光明

开采孩子的学费、妻子的笑容、父母的欣慰

在没有太阳的地方，他们自带光芒

燃烧自己，照亮他人

不论岁月如何崎岖颠簸，他们心中的阳光始终明媚

4

从一座山走进另一座更大的山

从大山深处走进寂寥深处

这些大地之子，用轰鸣的风镐、毅力、耐心、信心

与大地展开激烈交流，黑色的话题

可以驱逐寒冷和黑暗，照亮光鲜亮丽的城市

也能照亮自己和家人的生活

他们心里憋着一口气，要多使点劲、多出些汗

以一己之力阻击孤独和贫困

让自己的骨肉不失体面，不至于饿着肚子上学

这些大地一样沉默寡言的汉子

跳脱不出自己对这片土地最深沉的眷恋和挚爱

不会说豪言壮语，没有铿锵誓词

像煤一样，以默默燃烧自己之光照耀朗朗中华

煤矸石有一颗铁石心肠，混迹于煤炭中

穿着黑色外衣，却拒绝燃烧

他们穿梭于低矮的巷道和掌子面，立直着身子

在苍茫大地之上，作一个直立行走的人

而不是披着黑色衣裳的煤矸石

这个朴质的愿望，是对于一个人的尊重和追求

武水河的水，能汇入滔滔湘江、长江

即使到不了大海，也可以选择在洞庭湖蜗居下来

拥着稻穗，与鱼儿相欢

匍匐于大地的铁轨，顶住地动山摇的压力

宁愿扭曲自己，承受风吹雨打

决不让牵引着远方的火车头，迷失了方向

隅居湘南骑田岭的煤，不曾见过大世面

跨不进大熔炉，未来依然灿烂

选择在小灶台里熊熊燃烧，照样可以发光发热

5

当春风吹起的涟漪，在古老大地上向南蔓延

热血奔涌，一轮火球自海面喷薄而出

南海边热浪滚滚，向荒芜、愚昧和贫穷发起攻坚战

拒绝向命运低头的誓言，奔走呼号

泰山听见了，长城听见了，黄河听见了

太平洋听见了，阿尔卑斯山听见了，大本钟听见了

960多万平方公里大地上的人，都听见了

振聋发聩的呐喊，山川间成群结队的南飞雁

紧张、兴奋、踊跃，还有点惶恐不安

砸碎桎梏，思想的翅膀羽翼渐丰

雄韬伟略迅捷飞越三山五岳、五湖四海

沉寂了太久的大地，睁开惺忪睡眼

黄河挣脱了严寒的束缚，木棉花静静地恣意绽放

野草的王国，摩天大厦开始茁壮成长

热带风暴能轻易掀翻渔船、茅屋

却无力撼动巨轮的铁锚、钢筋水泥的芬芳

东方的一个小渔村，以深圳速度

实现华丽转身，完成了给自己重新定位

奔涌在深圳街头的每一滴汗水，盐分饱满

行走在白天黑夜的打桩声，铿锵有力

深圳仿佛天生就拥有驾驭灯红酒绿的高超艺术

修改大地，除了锄头的尖锐和风镐的锋利

还有思想、知识、洞察力、测量仪、遥感器

一代人运筹笔墨，汇入时代大潮

在南海边捕捉浪花的枯荣，雕琢潮汐的执着

6

绿皮火车到过的地方，高铁不一定都去过

渔火往往就站不到星星的高度

万物各就各位，大地之上

不是所有的石头，都能承载起大厦的巍峨

不是所有的泥土，都能烧制出精美绝伦的瓷器

曾经飞扬跋扈的灰尘，已隐于闹市

记忆力一般难以集中于被岁月动过手脚的地方

城中村是留下的唯一的蛛丝马迹

红遍南国的簕杜鹃，被计算机的程序员

移植到北国的冰天雪地，那一抹伸出墙外的红

令蜡梅面红耳赤。一个女孩灿烂的微笑

被一位粗心的手机流水线工人

忘了卸载，后来在遥远的欧洲结出意外的硕果

一架坠落在白宫草坪上的无人机，籍贯是：

Shenzhen，China，令高鼻梁蓝眼睛们一场虚惊

在这个风口，进进出出的思绪与世界同步

北京的热点、纽约的时尚、伦敦的金融指数

日内瓦的动态、东京的味蕾、悉尼的大宗商品

通过隐形的信息高速公路，汇聚一堂

曾经是东方明珠的替代品，时间还来不及回过神来

就已经出落成为大湾区的经济龙头

蛰伏在深圳湾的红树林，不论是面对海浪的热捧

还是太平洋热带风暴的打压，始终保持青葱

7

小渔村的蝶变，大地予以了精彩描述

大地拥有足够的耐心，不会忽略任何闪光的部分

我们走过的每一个脚印，大地都会记录下来

不论是正在发生的变迁，抑或是曾经刮过的风雨

哪怕是亿万年前的一瞬，一个物种的灭绝

一片大海的消失，一座大山的崛起

动植物演变成石油煤炭，石头修炼成黄金钻石

只要翻开大地这部百科全书，就能探寻到满意的答案

大地之上，最能忍辱负重莫过于山川

——譬如鬼斧神工的黄山、武陵源

被风雨搜刮得瘦骨嶙峋，却被称为绝美的风景
民以食为天，饥寒交迫之苦
天上的卫星和飞船，无异于星星与月亮
一艘艘木帆船星夜启航，向南而去
承载着多少个家庭的渴盼和香火的摇曳

许多细节和名字，已被健忘的时间遗忘
樟林古港的老宅有意无意地透露出自己曾经的富足
祖先们驾驭红头木帆船，闯荡南洋
有多少人在这里挥泪送别儿子、丈夫、父亲
就有更多的人在这里望穿秋水、翘首以待
有些人等到了侨批，有些人等来的是焦急和叹息

一个福建归侨从南美带回番薯，在这块土地上
落地生根，适应性强决定了它的未来
它曾经狙击过饥饿的疯狂进攻
可孤军深入贫瘠的土地，又遇上天公不作美
和人性的溃败，灾难就在所难免
山多地少傍海的福建人，唯有继续向大海讨要生活

8

土地上的庄稼，是唯一能击退饥饿的武器

农耕民族的命根子，是那一亩三分薄地

闯关东者徒步迁徙千里，于荒芜中寻找一线生机

在酷寒中，叩醒沉睡的大地

肯下力气，就一定能有好收成

这些朴质的愿望，曾经在中原大地上涌动

在成为"北大仓"之前，一个留美归来的科学家

到北大荒接受大地的改造和教育

面对巨大的饥饿，屡屡败下阵来

要活着走出蛮荒，就必须阻击饥饿的野蛮进攻

冰雪与严寒，不仅捆绑住人的手脚，也禁锢着人的
　　思想

雪山和圣湖的净水，可以洗濯眼睛与心灵

蓝天的秃鹫，只为食物而翱翔

有一只农奴的手掌，悬挂在记忆深处

因为饥饿难耐，抵挡不住青稞散发出来的诱惑

伸出去的那只手掌，从此挥泪而别

这段发黄的文字，依然散发出浓烈的血腥味

当年从蒙古高原刮过多少饥肠辘辘的旋风
不知道沙土和小草，是否记得清楚
孤悬漠北的王昭君的青冢，筑不起一道防线
长城、黄河、长江、阴山、沙漠和戈壁都阻挡不住
那些挥舞在江南、西域、欧亚大陆上空的弯刀
只有躺在大地的怀里，利刃才不会有饥饿感

战乱和饥荒，曾使多少生灵涂炭
匈奴、汉人、羌人、柔然、高车、突厥、吐蕃人
无不被命运所裹挟，先后流浪到
塔里木盆地边缘区域，还有嚈哒人、吐谷浑人
这些自称刀郎的人，在塔克拉玛干沙漠周边
狩猎、垦田、畜牧、歌唱，构筑起自己的世外桃源

长城抵挡不住饥饿，抵挡不住战马和抢掠
只有瘦出骨感，只有闲置荒凉
只有滋生出青苔和墙头草，只有作为横亘的风景
爬上长城的人，举目四望，沧海桑田
走下长城的人，笑容可掬，目光中无存一丝沮丧
那些方块字一样组合的苍茫，才能从中读出雄伟和

壮观

9

大地之上的所有东西，都将物尽其用

垮塌的悬崖绝壁，叫无限风光

倒下的树木，能成为栋梁

落叶是弱者的避难之所，害虫成为益虫的晚餐

螳螂捕蝉，黄雀在后

死者的血液，在生者的血管里流淌

朽木是蛆虫的天堂，腐朽成了活力的动力与源泉

荒原上留有一口清泉，大地的恩赐

总是恰到好处，决不让生命在绝望中自我放弃

大地辽阔、宽厚、博大、慈祥、慷慨

任何索取，倾其所有，从不吝啬

大地一定不属于冷漠、猜忌、撒谎、欺骗

不属于战争、杀戮、灾难、荒诞

不属于伤害、饥饿、寒冷、忧郁、哭泣

大地不流血流泪，流淌的是源源不尽的生命之源

天空不仅属于太阳、月亮、星星，还属于

鹰、雕、鹫、隼、雁、鹭、鹤、天鹅、麻雀、蜜蜂

河流不仅属于流淌、奔腾、怒吼、咆哮

还属于鳙、鲢、鲫、鳜、鲤、草鱼、青鱼、黄颡鱼

原野不仅属于树木、花朵、小草、露珠

还属于虎、狼、豹、熊、象、鹿、马、牛、羊

失去它们，将荒芜萧索，山川失色

大地将因孤独、寂寥、失落，而逐渐走向可怕的死寂

大地属于黄种人、白种人、黑种人

属于婴啼、蛙鸣、蝉叫、狗吠、猴吼

属于拼搏、勤劳、安逸、温暖、祥和、幸福

属于水稻、小麦、玉米、番薯、粟米、土豆、大豆

属于生活、生长、生机、希望

属于袅袅升起的炊烟、蒸蒸日上的生活

属于朝气蓬勃、和谐祥瑞、气象万千

属于构思、梦想、未来，属于我们的子孙万代

10

时间没有尽头，大地没有边际

花落花开，出生入死，大地都默默承受

遇索取，大地就慷慨给予

遇馈赠，哪怕是污渍，大地都从不拒绝

比大地还要厚重和宽广的，是祖先的胸怀

我们一直离不开他们的视线，走不出他们的荫庇

踩在大地上，仿佛踩着祖先的肩膀

我们被他们的灵与肉托举起，才不会沉没

我们之所以能成为直立行走的人

那是因为大地为我们扛起了一切苦难

2022 年 1 月 22 日至 26 日于深圳

南海蓝

1

所有的水，心里都揣着一个蓝色的梦想

为此不畏艰难险阻、不惧长途跋涉

宁愿舍弃雾的迷蒙、雨的淅沥、冰的娴雅

湖的静谧、江的旖旎、河的壮丽

即便是洁白无瑕、优雅天成、高高在上的雪

出发时也毫不犹豫，毅然决然

哪怕被浑浊、被阻拦、被蜿蜒、被颠簸

譬如唐古拉山北坡的白雪，决不眷恋

晶莹剔透的日子，不去理睬月儿的千般挽留

亦无须太阳的催促，涓涓细流

呼朋唤友，最终汇成滔滔大河，夺路向前

不论落差多大，道路跌宕、阡陌阻隔

被摔跟头、被换肤色、被改名换姓

战胜悬崖、河谷、丛林、荒野

跨越异乡，缅甸、老挝、泰国、柬埔寨和越南

把炎凉世态、冷暖人间甩于身后

从中国的高山峻岭出发，再汇入中国的万顷碧波

纳百川，不论大小、清浊，除了泪水

没有见过南海的水和人，无法言喻

南海的辽阔、浩瀚、无际、博大、深邃和包容

2

一个人要把一碗水端平，需要非凡的定力

人格魅力和开阔视野，而南海

把一个大海的水，端得平如镜面

无疑具备高超绝伦的大格局、大情怀、大视野

大处着眼，小处着手，胸怀丘壑

心中不仅能容得下小鱼小虾、大船巨轮

还能装得下暗礁、岛屿、日月星辰、苍茫云海

让每一粒奔波劳碌、身心疲惫的细沙

都能找到自己称心的归宿，才配得上大海这个称谓

南海的水，洁净、清澈、透亮、湛蓝

南海的水，是无数的水的自由融合

南海的水，不分先来后到，来了就是南海的水

南海的水，不分出处，无须填写籍贯

南海的水，不分高低贵贱，大家都是透明的

南海的水，表里一致，步调也一致

南海的水，能收容一颗太阳，也能放飞一轮明月

南海的水，无风一起沉寂，有风共同摇摆

南海的水，联通八方，纵横四海

南海须先善待自己的水，方可兼济天下

3

没有走进南海内心的人，永远无法理解

南海的执着与坚韧，空虚漫无边际

寂寞随波逐流，数亿万年坚持如一日地澎湃

不为经典和传奇，不为石不烂海不枯

不为书写一段惊世神话，留给鱼子鱼孙膜拜

蜃景般的虚华，总会破灭

风雨交加是一天，阳光明媚是一天

蔚蓝的初衷和辽阔的心境始终不变，日月可鉴

站在岸边指手画脚的人，不受大海待见

高不成低不就的人，很难在南海找到落脚点

南海只眷顾脚踏实地、诚实勤奋的人

沉迷于事物表象，不知道天有多高

世界上最深的海洋蓝洞——三沙永乐龙洞

有多深沉深邃深奥。仿佛地球之眼

谁能洞见其中奥妙？人类的脚步

已经迈进太空，可无法探测自己的眸子

有多么地迷惘，多么地浑浊，多么地深不可测

南海的辽阔，随意、纯粹、自然

不因自己的博大，而藐视寄于自己篱下的渺小

暗沙、暗礁、暗滩，在岁月

日积月累的洗礼中，已然脱胎换骨，变得坚硬异常

它们在闯荡南海的时日里，不停地吞吐苦涩

变得愈挫愈勇，它们始终相信未来

并为此辛勤地积攒泥沙、贝壳、珊瑚，和邻里们

赞助的钙质，期盼迈出水面的那一天

4

五指山不言不语地眺望南海，任岁月悠悠

只见涛声依旧，与大海近在咫尺

却不曾走近大海，无形的隔阂难以逾越

站得低不一定就目光短浅，在低处

同样可以深谋远虑，决胜千里

真正读懂了南海的，不是站得高看得远的五指山

而是在水中沉沉浮浮、起起落落的黄岩岛

坚持初心，不动摇、不退缩

能进能退、能高能低，不逞一时之潮汐

不在波涛汹涌中迷惘和沉没

沉着、执着、顽强，坚守住作为岛屿的底线

南海是有脾气的，不是所有的投怀送抱

都能赢取回报，都会被其珍藏

投入南海怀抱的木舟、风帆、丝绸、瓷器、铁器

能经得起时间怠慢、打磨和考验

自始至终保持本色的，唯有易碎的中国瓷

这种由泥巴经捶打、搓揉和烈火炙烤升华的硬骨头

宁愿粉身碎骨，也决不妥协

即便是一时被泥沙污垢蒙蔽，点醒它们
只需一瓢清水，就能让它们从沉睡中猛然醒悟
洁白的身子骨，瞬间重新焕发出
璀璨夺目的光彩，多么厚重的岁月都无法遮掩

5

沧海苍茫，欲在南海站稳角色
即便是南海的土著：海龟、海参、牡蛎、红鱼
鲨鱼、马蹄螺、金枪鱼、大龙虾、梭子鱼……
仍需谨小慎微，万不可麻痹大意
大鱼吃小鱼，小鱼吃虾米
这些生存法则放之四海皆准，南海也不例外
讨过海、喝过海水的人胸中有数
碧海蓝天，常常变幻莫测
南海最多的不是肥美的虾和鱼，风和日丽的天
而是掏不尽的苦涩，绽放开不败的花骨朵

"祖先漂泊到海南，生活条件好艰难。
住在水棚茅盖顶，族外称俺疍家人。"
漂泊南海的"咸水歌"，被疍家人世世代代传唱
这些讨海人，风里去浪里来

以苦为乐，以舟为家，以海为生

千百年来，我们的祖先驰骋南海，打捞生活

风大浪高飘天涯，只为一日三餐

南海曾经给过他们泪水，也给予他们欢乐

给过他们苦难，也赐予他们生计

打翻过孤舟的天，也让强者讨得温饱和富足

夺过人命，也赋予生命无限生机与活力

被贬到蛇蝎横行、人烟稀少之地儋州的文豪苏东坡

"食无肉、病无药、居无室、出无友、冬无炭"

鉴真和尚三次东渡东瀛失败，漂流无依

在海南上岸。他们没有被南海亏待

他们与海南相互成就，关于他们的美文美德美谈

仿佛南海的碧波滔滔不绝，恣意汪洋

你弱南海就强，你强南海就弱

不论台风在南海掀起的风浪，有多高多大多强

人定胜天，必定翻不过讨海人的手掌

6

如果大海有骨头的话，红树林

无疑是最强硬的那一根，根茎伸入水中

风拔不掉、浪折不断，咸水奈何不得

巨浪滔天、呼啸咆哮，大海动怒时

敢于迎面而上的，就是这些喝咸水长大的战士

巧妙地与风浪周旋，摁住波涛的狂躁

化解大海积累的怨愤，令飓风力不从心

（2004 年发生在印度洋的海啸，波及 12 个国家

摧毁无数家园，夺走 23 万个生命

而印度泰米尔纳德邦的瑟纳尔索普渔村

距离海岸仅几十米远的 172 户家庭，安然无恙

是一片红树林，成功化解排山倒海的悲伤）

潮起潮落间，红树林间仿佛海洋集市

鲷鱼、对虾、泥蚶、牡蛎、长竹蛏、沼潮蟹、莱彩螺

你来我往，动作敏捷，你方唱罢我登场

繁而不乱地交换着大海的信息

此时的南海显得无比的温情、宽容、大度、慷慨

喊一声：秋茄、海漆、木榄、水柳

王蕊、红海榄、角果木、老鼠勒、海骨根

忙碌的赶海人，仿佛听到母亲在呼喊自己的名字

情不自禁地抬起头，投来熟悉的眼神

他们与这些红树一样，对南海的一举一动了如指掌

水进人退，水退人进，在一涨一退中

把握潮汐的方向，让生活的幸福指数水涨船高

7

南海从不宽恕、放纵任何人

严以待人，才是一种负责任的态度

泛滥的廉价同情、怜悯、姑息

无异于无言的伤害，南海从不施舍惺惺作态

说南海富饶，那是对南海的藐视

说南海慷慨，那是对南海的羞辱

说南海吝啬，那是对南海的偏见

说南海对待每一艘船，不论大小都公平公正

绝不偏袒，才是敬畏南海

敬畏大海的人，才能赢得大海沉甸甸的回报

南海是生命的蓝海、希望的蓝海、未来的蓝海

南海尊重鳍肢、脚蹼、翅膀

南海尊重智慧、汗水、桨片、铁锚和缆绳

南海尊重渔火、渔歌、渔网、渔船

南海尊重发动机的轰鸣、汽笛、旗语和灯光信号

南海更尊重自己的人，尊重

哪怕只有一丝希望，也决不放弃的倔强

哪怕没有一丝把握，也不肯舍弃的鲁莽

南海决不同情弱者，只成全有勇有谋的强人

无际无涯、碧水连天、举头四望

唯有先战胜自己，才能战胜恐惧、孤独、寂寥

南海才会赋予爱的牵挂、家的温暖

取悦他人，从来就没有纳入过南海的选项

南海并没有路，行的船多了

浩荡汪洋之中，便有了安全航线

南海尤其尊重《更路簿》手抄航行路线图

渔民出海捕鱼路线，华侨出国路线

中国古代海上贸易路线

每一条航路上都荡漾着中国人民的血泪和辛酸

路者，铭刻于祖先之脑海

尽管海水经年累月地冲刷，其自安然无恙

南海后浪推前浪，沙滩上留下满地时间的碎片

官船、商船、渔船已经换上新颜

鲣鸟、白鹭、海鸥、军舰鸟早已实现更新换代

我听见南海呼唤我的声音，明显的高亢铿锵

8

在南海心里，海南岛、永兴岛、黄岩岛

东沙群岛、西沙群岛、中沙群岛和南沙群岛

手背手心都是肉，都是南海的明珠

而在椰子树的眼中，没有值得托付终身的依靠

就会选择离开，椰子树仿佛苦行僧

积年累月修炼出沉甸甸的果实，施舍给

那些口渴难耐的人，消暑清热

从未砸伤树下路过的行人，在没有椰子树的岛屿

水中漂浮着椰子，那便是大海的馈赠

在挫折中点燃生活的希冀，就是大海最好的安排

——每一颗椰子里都荡漾着生命的光芒

比南海的胸怀更加广阔的，是南海人

那些踏浪而行、奋力撒网的人

那些驾驭着庞然大物飞驰而过、镇定自若的人

那些风浪袭来岿然不动、目光如炬的人

那些曾被海浪掀翻，又把海浪治得服服帖帖的人

那些练就一身本领，在倾斜的甲板上健步如飞的人

那些领教过南海的下马威，胃里翻江倒海的人

那些呕吐过后，敢与海浪肌肤相亲的人

那些在海上生起袅袅炊烟，与大海举杯畅饮的人

那些听着涛声枕着浪头，酣然入梦的人

那些……

他们都是南海的人，继承了南海坦荡的胸襟、辽阔的
　视野、乐观的情怀、不屈的精神、顽强的生命力
他们对祖国拥有比大海还要辽阔无垠的责任心
他们对家人拥有比大海还要深沉深邃的爱
他们对自己拥有比大海还要固执恒久的坚持
南海是强者的伊甸园，能在南海踏浪而行的人
必定是南海的孪生兄弟，与南海血脉相连
在蓝色星球上相互尊重、和谐共处、肝胆相照

　　　　　2021 年 12 月 5 日至 13 日于海南三亚

昆仑山

1

远古时期宇宙混沌一片，天地不分

巨人盘古从一万八千年的沉睡中猛然醒来

抡起巨斧，朝眼前黑暗奋力劈去

轻而清者升为天，重而浊者沉为地

凭一己之力开天辟地，终因体力不支而倒下

头化作泰山，脚化作华山

左臂化作衡山，右臂化作恒山

躯干化作昆仑山，绵延 2500 公里，始成中华龙脉

2

是的，神化是对一种事物无比虔诚的尊崇

几乎所有古老的神话故事，都跟一座山联系起来

只有无法企及的遥远，才能寄托缥缈的遐想

那些精彩文字无疑将垫高这座山的海拔

昆仑山所承载的，已非一方天空

是渴望中的满腔热忱，是期盼中的热切憧憬

是爱的无限凝聚，亦是心的虔诚皈依

唯有昆仑山的巍峨和雄伟，才可诠释那亘古的光芒

不与安第斯山脉夺无关轻重之长短

不与喜马拉雅山脉争一时之高低

巨龙一样横亘，只要足够强大，沉默更令人敬畏

站得高看得远，不论星星的眼睛睁得多么明亮

都只能窥见昆仑山的冰山一角

白云不知掰过多少次指头，也没有数清楚

昆仑山到底有多少个驰骋天际的向往，大雪纷飞

顾了西端就顾不上东头，而凛冽寒风

常常迷失在一个山谷里，呼号着找不着方向

昆仑山的静与动、实与空、高远与深邃

风、云、雨、雪、小草、动物，各有各的理解和答案

3

太阳和月亮仿佛一对箩筐，被昆仑山一肩挑

东头溢出灿烂阳光，西端盛满皎洁明月

塔什库祖克、喀拉塔格、乌斯腾塔格、祁曼塔格、阿尔
　　格山的雪

精心计算出根的城府，滋养是渗透艺术的关键

可可西里山、博卡雷克塔格、布尔汗布达山、巴颜
　　喀拉山、阿尼玛卿山

大雪迫不及待欲将山河改颜易色，序幕悄然拉开

皑皑雪峰，并非白雪的赞美或者加持

那是雪花踩在昆仑山的肩膀上

去施展自己千里雪飘、万里冰封的神话

玉珠峰、玉虚峰、香炉峰、公格尔九别峰、布喀达坂
　　峰、滩北雪峰、雪山峰

不是所有的雪都是洁白的，日照金山是朝阳的杰作

内心宁静的雪，从不在乎别人的惊讶与呼喊

琼木孜塔格、乌孜塔格、阿孜塔格、阿尔赛依、若拉

岗日、木孜塔格

趁着夜色掩护，长腿的蹑手蹑脚巡视领地

生根的无声无息地开疆拓土，谁也不想打破那恬静

陌生的根在深处相逢，情不自禁地亲密拥抱

4

巴颜喀拉山，藏语叫"职权玛尼木占木松"

即祖山，在昆仑山脉的家族中，长得相对低调

祖山一点一滴挤出自己的乳汁，灌满了

约古宗列盆地的水泊、沼泽、星宿海、扎陵湖和鄂
　陵湖

喂养出身材苗条的玛曲，长大以后叫黄河

有一个民族毅然跳进河中，不是为了洗清什么

而是让黄河在自己的皮肤上，打上烙印

他们在黄河两岸刀耕火种、繁衍壮大、生生不息

黄河文明的发源地，在青藏高原不假

昆仑山无须证明什么，黄河操着一口昆仑山的方言

从远古一路走来，昂首阔步，铿锵而澎湃

5

昆仑山给了一个民族一个契机，这个民族
还给昆仑山一个奇迹，昆仑山的一草一木一土一石
被赋予了特殊的意义，昆仑山的图腾
从此就跟这个民族的羽翼合而为一，在世界东方
相互渲染、相互信赖、相互依存、相互成就

地球上没有一座山，有昆仑山
那么多的传奇色彩，昆仑山的神圣与庄严
早已植入一个民族的灵魂，如长明灯
矗立在这个民族内心的制高点，闪烁着智慧之光
同呼吸，共命运，一起沉默，携手呐喊
风雨霜雪里心领神会，蓝天白云下灵魂共振
昆仑山储藏的民族自豪感，世世代代采掘不竭
昆仑山挺拔为一个符号，屹立成一种象征
俨然是一个民族的化身，成为这个民族赤诚的皈心

6

相传昆仑山是始祖的故乡，人头豹身的西王母

栖身于昆仑山瑶池，由两只青鸟侍奉

掌管着三千年开花，三千年结果的王母蟠桃

——食之长生不老。后羿为民除害

用箭射掉了十个太阳中的九个，违背天意

惹得天庭恼怒，被贬为凡夫俗子

到昆仑山求得升天仙丹，却被他的妻子嫦娥偷吃

独自飞向了月亮，自古以来自私自利者

终将不被幸福待见，广寒宫常传出她的忏悔

西王母瑶池湖光粼粼，碧绿如染，清澈透亮

水鸟云集，或翔于湖面，或戏于水中

野牦牛、野驴、棕熊、黄羊、藏羚羊神出鬼没

瑞气蒸腾，气象万千，一派祥和绚烂景象

当年美猴王孙悟空偷吃蟠桃，大闹天宫的迹象

早已被光阴收拾妥当，石桌石椅与花卉

遵从阳光和风雨的安排，悉数回归了本真

一只小鸟独立石上闭目养神，被灿烂鲜花簇拥

万里碧空如洗，微风抚摸着摇曳的枝叶

呈如意形的湖水，仿佛在向苍天祈祷

祈求这片古老的土地风调雨顺、国泰民安

7

昆仑山峰绵延迤逦，陡峭挺拔，高耸入云

数千年来，是外族强敌始终无法征服的天然屏障

却没有阻断中华民族放眼世界的向往

昆仑山每一个垭口从不刁难人类文明的脚步

东方的丝绸、茶叶、瓷器、勤劳、坚韧、善良

西方的宝石、玻璃、铁器、探险

昆仑山无不乐观其成，古丝绸之路经久不衰

世世代代生活在昆仑山脚下的藏族人民

伯歌季舞、繁衍生息

塞人、月氏、吐谷浑、匈奴、柔然、突厥、回鹘、
　维吾尔、蒙古和汉人

你来我往，聚沙成塔，牧羊放马，纵横捭阖

摇旗舞蹈祈丰年，匍匐大地祭祖先

不论阳光、风沙、雨雪、饥饿、疾病，艰难困苦

他们从容面对，各民族的血液在此交融

肤色在此浸染与调和，已然心心相印

这片亘古大地不仅滋生苦难，也盛产荣耀

昆仑山仿佛一条哈达，祈福中华民族

于风风雨雨中愈发刚毅，在分分合合中走向兴盛

8

穿越新疆、西藏、青海、四川，这只是

昆仑山的一部分，横亘于中华民族内心的那部分

若隐若现、绵延起伏、无法估量

中华民族心连心有多长，昆仑山就有多长

巍峨挺拔、直插云霄，昆仑山的海拔

早已被嫦娥带上了月亮，肉眼岂可预测

昆仑山顶除了白雪、阳光、月亮、星星、蓝天

还有神往、自豪、崇拜、敬仰和祈愿

中华民族的眼光有多高，昆仑山就有多伟岸

青藏高原给予昆仑山底气，中华民族

赋予昆仑山仙气、灵气、清气、骨气、浩气和锐气

萦纡昆仑山的陡峻和中华民族的眉宇之间

9

凡是昆仑山的，都有一个非凡的名字

昆仑山雪灵芝，被称为"人间仙草"

需要生长数十年甚至上百年，且无法人工种植

昆仑山锁阳，被叫作"不老草"

干旱、高温和严寒无所畏惧，自己的命运

自己做主。被冠以"九死还魂草"的昆仑山方枝柏

根自行从土壤分离，随风移动，遇水而荣

它们无不汲取了昆仑山的精华，成为同类中的翘楚

昆仑雪菊，昆仑雪莲，昆仑玫瑰、杜鹃、冰菊

被昆仑山熏陶得出类拔萃，是花之骄傲

昆仑水晶兰，洁白无瑕，无叶绿素，没有生命气息

"可以一念让人生，也可以一念让人死"

被称为"死亡之花"，离开昆仑山的土壤就自行了断

这种"杀人于无形"的花，并不能决定谁的生死

世间万物，相安和谐，精彩纷呈，才不逆昆仑山的

心愿

10

盘古有多少根肋骨，想必是一个千古之谜

而昆仑山远不止 24 座巨峰，巍峨挺拔

如果说海拔高度是山的根骨，潺潺溪流是山的血脉

那自由栖息的生命便是山的灵魂，在昆仑山上空

白鹭豹身姿矫健，不时从空中俯冲而下

仿佛从远古敲击而下的一记重锤，撞击着旷野

发出昆仑山洪亮、高亢而厚重的呼吸声

野驴、野牦牛、藏羚羊、狼、雪豹、猞猁、棕熊、
　骆驼

这些昆仑山忠诚的子民，捍卫着各自的家园

常常为家乡的富饶而豪横，决不因为贫瘠而离弃

紫花针茅、扇穗茅、青藏苔草、棱子芹、紫羊茅、风
　毛菊

属于典型的乐观主义者，给点泥土就生根

给点春风就灿烂，都得到了昆仑山坚强不屈的真传

11

"吾与重华游兮瑶之圃，登昆仑兮食玉英"

诗人屈原脚踏祥云游昆仑，啜哺玉花的梦想

直到两千多年后，被行吟诗人李立实现

昆仑山收敛冷峻，低下谦逊的脊梁

让脚步、骡马、轿子、战车、汽车、火车畅行

成全他人，让世界圆满，是昆仑山的夙愿

点地梅、虎爪耳草、绿绒蒿、蚤缀、大拟鼻花、
　马先蒿

曾经在昆仑山口高举鲜花，欢迎唐僧师徒与文成公主

还有一拨又一拨的王侯将相及金戈铁马

我无缘享受那份旷世礼遇，它们躲在雪的身后

衣着并不十分光鲜，仿佛略带一些羞涩

远处群山连绵起伏，雪峰突兀林立

那些古老的冰川如数家珍讲述自己不平凡的经历

冰雪堆积、冰川形成、冰川运动、侵蚀岩体、搬运
　岩石

把亿万年来的心路历程，和盘托出，决不遮掩

12

我们的祖先则没有冰川含蓄，选择了快人快语
如同昆仑山有无华丽衣裳，都赤诚坦荡
在玉虚峰下的野牛沟，他们把自己的生活和思想
雕刻在岩石上，让风读，让雨读，让阳光读
让岁月读，让我们读，还要让我们的子孙万代读

他们曾经生活得简单又快乐，贫穷又富有
马、鹿、狼、豹、狗、熊、牦牛、骆驼和藏羚羊
漫山遍野，自由自在，悠然自得，不慌不忙
不被打扰和惊吓。在昆仑山的庇护下
他们穿兽皮、吃烤肉、住洞穴，日出而作，日落而息
歌唱、舞蹈、畜牧、狩猎、祭祀、生老病亡
没有欲望的累赘，没有无餍的烦恼
与昆仑山生死相依，与日月星辉天荒地老

13

那棱格勒峡谷绝非"地狱之门"，也不是
人们所说的死亡谷，那里可能有昆仑山的隐私

不想被打扰，我们应予以尊重

那棱格勒河谷湖泊星罗棋布，青草茂盛，繁花点缀

芦苇、沙棘、红柳、胡杨、骆驼刺、胡颓子

狗熊、雪豹、盘羊、野驴、藏羚羊、野牦牛、藏狐、

　　扫雪、鹫雕

生活在自己的世外桃源，享受不可复制的安宁

森森白骨是一种生命归宿，是物竞天择的诠释

生命的消逝从来都不会无迹可寻，昆仑山

决定让那棱格勒峡谷的天空永恒蔚蓝，河水始终澄澈

花草自由摇曳，石头慢慢老去

有意安排电闪雷鸣守护，不被外来者侵扰

那我们就忘却它的存在吧，不去惊醒那厚实的冻土

需要醒来的时候，昆仑山不会让它们继续沉睡

14

水刀唤醒石头的技艺，昆仑玉深有快感

昆仑玉与和田玉一脉相传，昆仑山以东名昆仑玉

以北名和田玉，都是大地阵痛的产物

传说远古时天地初成，脆弱不堪，天塌地陷

女娲在昆仑山苦练五色石用以补天，救百姓于危难

女娲补天的手艺一定十分了得，与母亲

打在我童年上的补丁，难分伯仲

母亲一针一线缝补好我的生活，我才可以迎难而上

才有勇气奋力跋涉，去播种人世间的真与善

蓝天在上，无论我睁大双眼如何搜寻

都找不出被女娲补过的蛛丝马迹，巨石滩的石头

想必是她当年用剩的，被她淬火过的

昆仑玉温润柔韧、淡雅清爽、五彩斑斓

白玉、青白玉、青玉、糖玉、黄玉、碧玉、墨玉

不知是不是女娲有意留下的，用以修补人间

15

巨石滩，昆仑山北坡的一个千年古村

维吾尔语叫库拉木勒克，房前屋后巨石呈祥

女娲补天剩下的石头，仿佛是生活的隐喻

逐水草而居，择天时而动，以游牧为生的祖先

在这里放牧牛羊、放牧生活、放牧岁月

他们以土为墙，掘洞而居，昆仑山的古洞穴

依然在为牧民们遮风挡雨，昆仑山的给予和呵护

不分昼夜、民族、多寡、强弱，没有期限

远处昆仑山白雪皑皑，近处层层梯田

小麦、油菜、青稞、苜蓿、香蒜、藜麦择机而青

石头和土坯垒砌而成的民宅依山而建，木门

散发着古朴的气息和岁月的神秘，篜篌发出的嗓音

随着塔克拉玛干沙漠吹来的热风迅速散播开来

踩着河水轻盈的节拍，在天地之间飘荡

昆仑山向远方捎去的问候，清凉甘甜、沁人心脾

16

海拔 7649 米，昆仑山的最高峰——

公格尔峰与公格尔九别峰、慕士塔格峰

联袂耸立，如同擎天玉柱，撑高了

帕米尔高原的太阳、月亮和星星，蓝天辽远而深邃

"冰山之父"慕士塔格峰冰川如飞流银瀑，飘逸素练

南山脊、西山脊、西北山脊、东北山脊

宛如四条舞动的银龙，不停歇地吞吐金轮和玉盘

喷泉、温泉、湖泊、牧场点缀雪岭山谷

石头城的城垣、重门、地穴和石室，神色凝重

依旧没有忘却自己的职责，公主堡前

塔什库尔干河滔滔不竭地向帕米尔高原
唱着优美悦耳的歌谣，是昆仑山赋予它们的灵感

17

"昆仑山第一村"阿尔塔什村，无疑是
被昆仑山宠溺的一个村落，昆仑山出手绝不吝啬

叶尔羌河穿村而过，树木簇拥农舍，炊烟袅袅
小麦、玉米、桃、杏、苹果、核桃、沙枣、巴旦姆、
    恰玛古
被炙热的阳光和冰冷的月辉激发出蓬勃的生命力
阿尔塔什，突厥语，意为灰白色的石头
古丝绸之路通往波斯的必经之地
维吾尔族人民当年是怎么欢迎取经归来的玄奘
对初次踏上这片土地的行吟诗人李立，一视同仁：
大山的雄伟、大漠的苍茫、大河的壮阔
巨石的幽默、白雪的娴雅，一样不少
驼铃声、马蹄声、诵经声、木鱼声、儿童的嬉戏声
阿尔塔什村需要什么加持，昆仑山宽厚慷慨

18

在昆仑山下生活千年的塔吉克族人

是鹰的传人，吹鹰笛，跳鹰舞，以鹰为图腾

任何苟且之事，都逃不过鹰眼

——这里从未发生过盗窃和抢劫案件

"草原是牛羊的天堂，不是窝藏豺狼的地方"

黑红色的面孔镶嵌着一双碧蓝色的眼睛，深不可测

仿佛可以从中读出帕米尔高原的渴望与忧伤

外敌曾经对他们的家乡垂涎三尺，都被他们鹰爪般

尖锐的意志和勇猛击退，他们才是冰山的主人

翱翔于帕米尔高原的贫瘠和严寒、富饶与辽阔

他们是昆仑山言传身教的鹰，秉承着

昆仑山的顽强与坚韧，在昆仑山的怀抱里

用执着去撞击苍茫和信念，以坚毅去攻克苦难和蛮荒

无愧于鹰的犀利和勇猛，无愧为昆仑山的掌上明珠

崇拜太阳，他们的心像阳光一样热烈而奔放

他们是帕米尔高原的昨天、今天与明天

是帕米尔高原的灵与肉、地与天、归宿与憧憬

是帕米尔高原的骄傲、信念、真谛和力量

是中华民族勤劳勇敢、忍辱负重、自强不息的一分子
是昆仑山久久凝视，无法割舍的执念
是昆仑山深沉的呼唤与守望，在他们的内心深处
始终传承着一股力量，叫昆仑山
矗立着一种精神，叫昆仑山脉

2023 年 4 月 3 日至 15 日草于西藏那曲，青海格尔木、西宁
2023 年 5 月 11 日至 22 日改于新疆若羌、且末、和田、
喀什、塔什库尔干

八千里路云和月（代后记）

　　说走就走，沿着中国大陆边境线自驾行吟，以中国诗人从未尝试过的方式行走，践行中国诗人从未一次性执着的坚持，构筑中国诗人从未系统性雕琢的诗篇。阳春三月，从广东汕头出发，经过广西、贵州、云南、四川、西藏、青海、新疆、甘肃、宁夏、内蒙古、黑龙江、吉林、辽宁、河北、天津、山东、上海、浙江、江苏、福建，12月份在海南岛圆满结束行程，记录心灵之旅的诗行已跃然于纸上。历时九个月，行程十万多里，跨越万水千山，历尽千辛万苦，甚至多次生命遇到危险，一切的日升月落、沙起尘涌、风吹草动、酸甜苦辣和怦然心动凝聚成了这部沉甸甸的诗集。

　　2021年初，北国冰雪尚未消融，南方依旧寒气峥嵘，在命运的沉沉浮浮之中，我突然萌生出挑战生命极限的念头。挥之不去，日甚一日。生活，不止苟且，还有诗和远方，信念如一面开路旗帜，在远处猎猎作响。于是乎就忍痛辞别摸爬滚打二十余载的高薪职场，毅然决然开始了旅程。汕头是祖先下南洋闯荡谋生的始发地，选择在此启程，是祈望得到祖先在天之灵的加持，八千里路云和月，始终照耀我脚下的未知。

读万卷书不如行万里路。书中自有波澜壮阔，路途自有惊涛骇浪，崎岖坎坷前面往往就是壮美风景。阅尽神州大地的绚烂河山，同时也历尽艰难困苦，栉风沐雨，孤独前行。西藏阿里地区不知是多少人梦寐以求，却又不敢涉足的屈指可数的人间净土，那里的蓝天、阳光、雪山、湖泊、荒原、土林、无人区、野生动物及静谧、寂寥等让人魂牵梦萦、欲罢不能，却又令人心生恐惧。独自驾车行驶在阿里寂寥的旷野里，寂寞如昆仑雪山一路相随，偶遇一只野生动物都仿佛见到了久违的亲人，恨不得立即停下车，与它唠几句嗑。因迷恋 219 国道旁一处七彩岩石构筑的雪域风景，也因城市井蛙的过于盲目自信，导致自驾的进口四驱越野车，车轮陷入路边的沙坑里不能自拔。荒山野岭，人迹罕至，车辆稀少，数百公里连手机信号都无法抵达的荒野，如果不在天黑之前把车从沙坑里拖拽出来，后果不堪设想。生活在高原的藏族人民因世代信仰的熏陶而变得善良如初，但这里的四脚兽终究世袭了丛林法则，野性未泯，决不会怜小悯弱，满怀慈悲。"世界屋脊的屋脊"晚上零下二十摄氏度的气温也是难以想象的考验，饥寒交迫会造成人体失温，进而威胁到生命安全。真乃一失足成千古恨也！

在求助几辆过路车无果的情况下，一辆挂藏 A 牌的越野车主动停靠在路边，两个藏族青年摇下车窗关切询问需不需要帮助。这真是雪中送炭，正是求之不得。因为没有专业的汽车救援牵引绳，用哈达和就地捡拾的钢丝绳拖拽了三次都以失败告终。把大家折腾得精疲力尽，也心灰意冷，正当万念俱灰时，另一辆挂藏 A 牌的越野车主动停了下来，着藏袍的车主说他车上有专业牵引绳。这真是天无绝人之路。经过四个多小时的艰苦奋战，终于把陷在沙坑里的车拉回到正道。此时已是北京时间晚上九时许，太阳正向西坠去。苦海无边，回头有岸，我不禁暗自庆幸自己遇见了好人。两个藏族小伙子连名字都不愿意如实相告，只留下一句"在 219 国道总会遇到好人"，就猛踩油门绝尘东去。在生命禁区，此话不亚于隽永的诗句，令人回味无穷，温暖无限。

"此生必驾 318。"但凡驾车走过 318 国道的人，都喜欢把这句话的彩色贴纸张贴在爱车的显著位置，以彰显自己曾经历尽艰辛有幸成为 318 国道的征服者。318 国道沿途的风景和险峻，能在驾驶者的心里烙下一辈子的印记，能走一趟确实值得自豪。比 318 国道更难驾驭的是死亡天路 219 国道。这条国道沿线不仅有数不胜数的绝妙风景，也是险峻异常，常常会遭遇泥石流、山体滑坡、路面塌陷和雪崩，头顶落石更是家常便饭，形影相随，一路相伴。落石在车顶敲打出乒乒乓乓的声音，开始时令我心惊肉跳，也心疼不已，后来就习以为常了。道路两旁的悬崖绝壁上，有许多无法收拾的汽车残骸，在岁月侵蚀下显露出令人毛骨悚然的狰狞。要是诗仙李白有幸打此经过，他一定会为自己当年写下的"蜀道之难，难于上青天"的诗句而深感羞愧。大脑缺氧容易犯困，脑袋不灵光，反应迟钝，行驶在高海拔的天路上必须时刻打起十二分精神，容不得半点马虎，任何的困倦、大意、分神，都有可能改写自己的户籍地址——你将成为那里的永久"居民"。

业拉山怒江 99 道拐（有说 72 道拐，也有说 108 道拐），既检验车辆的性能，更考验驾驶者的技术、经验、耐心和定力，稍有不慎就将车毁人亡。当年负责修筑该路段的某部工兵营全体官兵全部牺牲，无一幸存，罪魁祸首便是头顶滚滚落石。其中有一个工兵在浇灌怒江大桥桥墩时不幸掉入水泥槽中，被战友发现时仅露出一根指向天际的手指。从钢筋水泥柱中挖掘支离破碎的遗体显然是对逝者极度的不恭敬，战友们只好含泪把烈士永久封存于桥墩里。如今，该桥墩已成为怒江大桥纪念碑，所有经过的车辆都会主动自觉地鸣笛致敬。这里因其得天独厚的自然景观而成为网红的打卡吸粉地。

另一件令人恐惧的事情便是新冠病毒，有十多个城市我前脚离开，后脚就暴发疫情。众多亲朋好友都好心地奉劝我打道回府，择机而行，"留得青山在，不怕没柴烧"，但我骨子里的那股湖南人"吃得苦、霸得蛮"的固执，不允许我有片刻犹豫。开弓没有回头箭，咬定青山不放松，迈出去的脚岂有缩回来的道理？认定的事绝不可以半途而废，前功尽弃。

在司机这一群体里面，货车司机非常"强势"，甚至有点让人望而生畏。"货车猛如虎"，名不虚传。晚上车辆交会时，货车司机我行我素，基本上不会关掉大灯，轰隆隆地飞驰而过，吓得迎面而来的小车司机心惊肉跳，顿生劫后余生之感。我常常停下车，让他们通过后再松开刹车。中国最北端漠河郊外，下午4点多钟就已夜幕低垂，而且没有路灯和手机信号，在离漠河市50公里处的双向双车道上，一辆货车不顾我反复闪灯和鸣笛警示，一意孤行地逆行超车，致使两车道上并行两辆大货车，一路狂奔地向我驶来。好在我车速极慢，且处理得当，否则，跌落悬崖的人车不知什么时候才能被人发现，这次环中国大陆边境线自驾行吟也就将在那个漆黑一团的下午"出师未捷身先死"，画上一个悲惨的句号。

此行遭遇过两次心脏怦怦乱跳，仿佛野马脱缰，几乎要夺腔而出。一次就是在漠河郊外车流并不如织的公路上，另一次便是在攀爬来古冰川的雪山上。劳累和陡然升高的海拔令我的五脏六腑翻江倒海，不可名状的难受把我推到了崩溃，仿佛临近世界末日，有一种缓慢滑向阎王殿报到的滋味。离死神最近的一次，是在极边第一城云南腾冲。因心力皆疲，在热海泡温泉时缺氧而窒息，等我清醒过来时，正被两个工作人员架在石头上坐着。他们通过监控设备发现我泡在水里，于是赶紧打捞上来。当时，仿佛从梦中醒来，脑子异常清醒，毫无平时的混沌感，反而是有一种神清气爽的感觉。后来我常想，死亡并没有那么可怕，要是就那么无病无痛不知不觉地走了，人生也不失为一种理想的结束。

原本计划从漠河沿黑龙江一路南下，半道上却因为疫情，三更半夜不得不掉头原路返回，绕道油城大庆，再到中国大陆最早见到太阳升起的地方——佳木斯黑瞎子岛。无论如何，这个地方我一定要去看看，哪怕只是远远地望一眼也行，写不写点文字另说。我还想探望更遥远的故土，祖先生活和奋斗过的地方。于我而言，那地方具有强烈的吸引力，尽管现实并不允许，但始终有这个强烈愿望，说明我的血液还是热乎乎的，没有因环境影响变得麻木和冷漠。好事多磨，为了阅览南国的蓝天碧水，一睹美不胜收的三沙市的芳容，我在三亚苦等了二十七天，因为疫情和台风的原因，最终与我国最南端国土失之交臂。

中国大陆边境线最西端新疆维吾尔自治区塔什库尔干塔吉克自治县的红其拉甫哨所，最北端黑龙江省漠河市北极村的黑龙江南岸，最东端黑龙江省抚远市黑龙江与乌苏里江交汇处的黑瞎子岛，都留下了我的足迹、目光、心跳和文字。最南端海南省三沙市的曾母暗沙，现在只能留下一个遥远的念想，我想，只要心念在，也许就会迎来天从人愿的那一天。

不是亲眼所见，就无从知晓极边第一城之顽强、大雪山之巍峨、"青色的海"之神秘、青藏高原之圣洁、若尔盖大沼泽之深沉、大戈壁之苍茫、伊犁河谷之壮丽、塔克拉玛干大沙漠之狂野、莫高窟之寂寥、黄河长调之浑厚、呼伦贝尔之辽阔、东北大平原之丰硕、上海大都会之繁华、南海之浩瀚、大地之厚重、昆仑山之苍莽……一旦灵魂被这些宏伟而质朴的叙事猛烈撞击过，余音将绕梁三万日，落下时皆为闪烁着光芒的文字。

有些路坚持不懈，可望成就一段佳话。有些人注定要成为幸福和高尚的弃子，迷失于愚昧和顽劣之中。在整个漫长而寂寥的行程里，自始至终得到了朋友们的关注、陪伴、友爱和支持，不管是近在咫尺，还是天涯海角，彼此的心灵是息息相通的，胜似寒冬里的一壶老酒，在身体里肆意奔腾，滔滔不绝，维系着我内心的温度。热血是我前行的动力。行前计划只品山水云雾，不见任何隐士高人，坚持内心的那份孤独以保有此次远行的质朴与纯粹，但有些热情难以推却。发小陈基雄，《绿风》主编彭惊宇，新加坡南洋理工大学的同窗刘欣、于鹏和陈诗全，《椰城》编辑巴城等新朋老友分别在汕头、石河子、大连、连云港、福州和三亚设宴款待，给我加油打气，抚慰我疲累空乏之躯。尤其是沿途不断与刘起伦、远人和梁粱等多位诗坛高朋问候唱和，互赠雅思，慷慨激越。那些闪光的友情与文字灿若星辰，不仅驱逐我内心忐忑，更照亮了我脚下的陌路。

只有经历过生死而紧紧相拥着走向人生终点的人，才称得上是值得仰慕的灵魂伴侣。能走进风景的人不算什么，能成为风景的人，才值得敬畏。能读懂这些文字的人不算什么，能成为他人笔下发光的字句，并影响他人生活的人，才称得上是拥有高尚情操的人。目光短浅、愚昧顽劣、贪图享乐、心猿意马的人，付出再多都无济于事，终会走失在漫漫人生路上的某个拐角处。

去年4月4日家父驾鹤西去，从澳大利亚回国处理家父后事，他为之奋斗终身的工作证、职称证、荣誉证、身份证、退休证等，都是我亲手点火付之一炬，随他而去。他最疼爱的人把他在这个世界上的所有痕迹彻底抹去了，空悲切。我想谁也难逃此劫，最后只不过沦为一捧不痛不痒的尘土，回归宽以待人的大自然。唯一遗憾的是，没能亲耳聆听父亲最后的教诲，但父亲在临近生命的终点坚决拒绝割喉安插食管，不进 ICU 苟延生命，维护了自己应有的尊严，令我动容和骄傲。父亲永远是我学习的榜样。伤悲让人深省彻悟，对所谓名利我已索然寡味，对出书亦了无兴趣。数月后，一众挚友得知我这一想法，极力游说我不能就此舍弃，独一无二的人生经历应该拿出来与人分享并留与后人，否则就是对自己的极不负责任。这促使我不得不重新思考认真整理出版这部集子。

诗人和评论家们总是有意无意地把我和美国最伟大的行吟诗人惠特曼联系到一起，仿佛要印证骨子里的李立与惠特曼有什么必然的联系，意欲在拙作中寻找出惠特曼的蛛丝马迹，甚至说"李立是离惠特曼最近的中国诗人"。说来十分愧疚，我并没有想过要把惠特曼的高度树立为自己的终极梦想，也对惠特曼的语言艺术缺乏系统性的钻研和领悟，他的绝大部分文字于我来说还是相当地陌生，惠特曼的光环压根儿就照不进我寂寥的灵魂。惠特曼挚爱着他的美利坚合众国，他对他祖国的挞伐远比赞美要多得多，他活得自我而惬意。

我对脚下这片土地有着深沉的爱，热烈而执着，甚至趋于信仰。爱她的神山圣水，更爱她的凡夫俗子；爱她的微笑，更爱她的泪水；爱她的荣耀，更爱她的苦难。爱她不仅要浇水，更要锄草。爱她要施肥，但不可揠苗助长。只有把她爱到骨子里的人，才会毫不掩饰地指出她头上的跳蚤，才会毫不留情地想剜掉她身上的毒疮。我愿意像古象雄人一样用身体丈量脚下的每一寸土地，用手指细数头顶的每一朵云彩，我想把自己内心所思所虑所爱，以自己喜欢或擅长的形式表达出来，试图以自己倾情的生活方式随性活着并虔诚书写。我想这不可改变。

诗稿整理出来后，总感觉欠缺了可可西里就显得有些遗憾。大约十年前，初次涉足可可西里时，我正隐入尘烟，致力市井生计，远离缪斯的视野，没有用心灵去感悟可可西里的苍茫。于是，我决定重返那个勾人魂魄的蛮荒旷野。3 月从四川进藏，318 国道上的颠簸与坎坷略过，走 109 国道出藏车至沱沱河畔，突遇狂风暴雪，坑坑洼洼的道路瞬间冰冻，车轮打滑，不受控制的四驱车差点与迎面而来的大货车激烈拥抱。在海拔 4800 多米的唐古拉山镇的简陋旅馆里与缺氧相搏，晚上零下十几度又遭遇通宵停电，印象不可谓不深刻。写完《可可西里》，昆仑山又着魔似的在我脑海缠绕，挥之不去，那巍峨挺拔的身姿常常左右着我的梦境，如果不写昆仑山，我想我此生难以安生。于新诗而言，昆仑山几乎还是处女地，一片空白，鲜有文人墨客的只言片语。在脑海里酝酿了一个多月，竟然不知道从何写起，在进入写作状态时，由于精神过度亢奋，吃睡不香，口腔溃疡严重，写完后觉得自己快虚脱了。既然是别人没有涉猎的畛域，那么，我就必须把昆仑山内在的东西提炼出来，给后面想进入昆仑山的诗人提供一些有用的参考，至少可以抛砖引玉。

在昆仑山的注视下，从阿坝驱车走 G0615 德马高速公路一路向西，行至距沟里 43 公里处，遭遇狂风暴雪，道路冰冻打滑，大货车无法通行，塞车队伍绵延数十公里。此处海拔高度为 4445 米，无手机信号。一夜风雪怒号，一夜饥寒交迫，一夜黑暗无眠，在失联 25 小时后才得以重返现代世界。在格尔木又因吃了过期变质的羊头肉，肚子隐隐作痛，吃过药休息了两天继续上路。沿着昆仑山的北坡，经茫崖、若羌、且末、和田、莎车、喀什、阿克陶、塔县，沿途接受昆仑山给我的灵魂洗礼，在帕米尔高原漫无目的地游走了几天，直至我的灵魂完全被昆仑山俘获，《昆仑山》才算画上了句号。《塔里木盆地》则是意外收获。当我沿着塔里木盆地北缘继续行走，途经疏附、阿图什、麦盖提、轮台、伽师、尉犁、沙雅、和硕、鄯善、高昌、哈密，我被沿途辽阔厚重的人文景观所深深吸引，竟然走了一个多月，原本是有感而发的八行小诗，最后竟凝练成一首别具特色的长诗。至此，中国最大的自然人文景观全部幻化成一行行诗句，被收入这本集子，心中不免甚为欣慰。

当这部诗稿完成时，我的眼眶里竟然蓄满了泪水。不为这些文字的凝重或空灵，不为雄关漫道的艰辛和怅然若失的慰藉，只为告别一段刻骨铭心的心路历程。假如在不远的将来腿脚健硕、思想无恙，我还想携手心爱的人生伴侣，沿着中国大陆边境线重走一回。牵该牵的手，走该走的路，吹该吹的风，淋该淋的雨，咬该咬的牙，历该历的险，流该流的泪，痛该痛的苦，开该开的心，相该相的爱，享该享的乐，写该写的字。将来回忆这段疯狂的诗意之旅时，内心定将明月碧空，浩瀚无垠，了无半点憾意。

李立

2023 年 4 月 15 日初稿于西藏那曲

2023 年 9 月 22 日定稿于内蒙古额尔古纳